태풍이 부는 날엔
아버지가 그립다

태풍이 부는 날엔 아버지가 그립다

발행일	2016년 11월 04일

지은이	남 홍 섭		
펴낸이	손 형 국		
펴낸곳	(주)북랩		
편집인	선일영	편집	이종무, 권유선, 안은찬, 김송이
디자인	이현수, 김민하, 이정아, 한수희	제작	박기성, 황동현, 구성우
마케팅	김회란, 박진관		
출판등록	2004. 12. 1(제2012-000051호)		
주소	서울시 금천구 가산디지털 1로 168, 우림라이온스밸리 B동 B113, 114호		
홈페이지	www.book.co.kr		
전화번호	(02)2026-5777	팩스	(02)2026-5747

ISBN   979-11-5987-292-1 03810(종이책)   979-11-5987-293-8 05810(전자책)

이 도서의 국립중앙도서관 출판예정도서목록(CIP)은 서지정보유통지원시스템 홈페이지(http://seoji.
nl.go.kr)와 국가자료공동목록시스템(http://www.nl.go.kr/kolisnet)에서 이용하실 수 있습니다.
(CIP제어번호 : CIP2016026577)

(주)북랩 성공출판의 파트너

북랩 홈페이지와 패밀리 사이트에서 다양한 출판 솔루션을 만나 보세요!

홈페이지 book.co.kr   1인출판 플랫폼 해피소드 happisode.kr
블로그 blog.naver.com/essaybook 원고모집 book@book.co.kr

태풍이 부는 날엔
아버지가 그립다

임종을 지키지 못한 아들이
후회와 그리움으로
써내려 간 아버지 행장 行狀

| 남홍섭 지음 |

북랩 book Lab

/ 차례 /

아이는 어른의 말과 행동을 흉내 내며 자란다. 가장 먼저 말을 따라 하고, 자라면서 행동과 몸짓도 흉내 낸다. 아이가 가장 먼저 만나는 게 부모이고, 가장 오랜 시간을 공유하는 것도 부모이다. 엄마의 입술 모양을 보고 말을 배우고, 아버지의 손짓, 발짓과 자세를 보며 닮아가는 게 정상적인 성장 과정의 하나이다.

내가 자라오면서 의식적으로 아버지의 말과 행동을 흉내 내려고 노력한 적은 없었던 것 같다. 그렇지만 무의식적으로 나 자신도 모르는 사이에 나의 겉과 속 모습이 아버지를 많이 닮아가는 것 같다.

지난봄에 조카의 결혼식에 갔었는데 오랜만에 이모와 이모부를 만났다.

이모는 나를 보더니 "나이를 먹으니 아버지의 모습을 많이 닮아가네"라고 하셨다. 머리카락에 흰 눈이 내린 것과 얼굴의 표정, 특히 웃을 때의 모습, 그리고 체형까지 닮은 것 같다고 하셨다.

나는 못 느끼지만 나를 아는 다른 어른들은 나에게서 아버지의 냄새를 맡고 있다.

아버지의 흔적을 밟아 볼 때가 있다.

추석에 성묘를 가서 풀을 뽑고 봉분 앞을 정리하다가 상석 밑의 구석에서 아버지가 숨겨 놓은 목장갑을 발견했다. 그 목장갑을 끼고 할아버지와 할머니의 무덤 주위를 손질했고, 미래에 아버지와 엄마가 누울 자리도 다듬었을 것이다. 그것은 아직도 따스했다. 아버지의 훈기도 남아 있는 듯했다.

해마다 11월 초에는 산골에 있는 조상님의 산소에 벌초를 가는데 그곳에도 아버지의 흔적이 남아있다. 풀을 베어서 한쪽으로 모아 놓은 자리, 땀을 훔치며 옷을 걸어 놓았던 나뭇가지, 그 주위에는 아버지의 영혼이 살아 있는 듯한 느낌을 받을 때가 있다.

가족들끼리 명절날 밤에 조용한 시간이 되면 아버지의 문갑을 들여다본다. 아버지는 꼼꼼하게 모든 것을 모아 놓았다. 우리 형제의 어릴 적 통지표부터 아버지의 교사 발령장까지 빼곡히 쌓여 있다. 아버지가 돌아가신 직후에는 안경도 네 개나 있었다. 노년이 될 때까지 아버지는 안경을 쓰지 않았는데 짧은 노년의 기간에 어떻게 네 개나 되는 안경을 썼을까. 아버지는 외출할 때 안경을 바꿔가며 나름대로 멋을 냈다고 엄마는 얘기했다.

그런데 이제 안경은 없어졌다. 안경뿐만 아니라 조금씩 아버지가 남긴 흔적이 사라지고 있다. 엄마는 아버지의 흔적을 하나씩 하나씩 버리고 있다. 그때마다 마음의 짐을 조금씩 덜어내고, 머리와 가슴을 가볍게 만들려고 한다. 이것은 엄마가 살아가는 방식이다.

지난봄, 엄마가 살아온 여정을 들여다보며 글을 쓰고 책으로 만들어 보여드렸는데 엄마는 너무 좋아하셨다. 엄마가 기뻐하는 모습을 보고 용기를 내어 이번에는 아버지를 그려보려고 한다.

아버지의 흔적들이 다 없어지기 전에, 엄마의 기억창고가 완전히 비어 버리기 전에, 내 가슴에서 아버지의 여운이 남아 있을 동안에 아버지와 함께했던 시간을 되살려 보려고 한다.

또한, 내가 가진 이런 용기는 전부 엄마에게서 나왔는데 엄마의 기대에 조금이라도 부응했으면 좋겠다.

2016년 10월

태풍이 불던 날

그때 나는 중국의 우한에 머무르고 있었다.

운영하던 무역회사가 문을 닫게 되어 집에서 지내는 것은 도저히 견딜 수 없었다. 거래업체들의 전화를 받으면 일순간 정신이 멍해지고 육체의 내부가 마치 지진이 나는 것처럼 흔들리고 머릿속과 내장이 부르르 떨리는 듯했다. 밤이 되어도 잠을 잘 수가 없었다.

누워 있으면 피가 위로 치솟는 것 같고 머리가 뜨거워지는 것 같았다. 하루는 약국에 가서 상태를 얘기했더니 "요즘 그런 사람이 많아요. 손님은 증세가 좀 심한 편이에요"라고 약사가 대답했다. 그는 당시에 많은 사람이 고통을 겪었던 IMF 사태로 인한 피해자의 한 사람으로 생각한 모양이었다. 실제로 나도 그 여파로 인한 손실이 상당히 컸었다. 그는 "보통은 신경안정제만 먹으면 되는데 손님은 증세가 심한 것 같으니까 신경안정제와 우황청심

환을 함께 복용하는 게 좋겠어요"라고 했다. 그날 밤 약을 먹고 잠을 청했지만 두 시간을 넘기지 못했다.

이런 날이 며칠째 이어지니까 머리가 빙글빙글 돌고 어지럽기도 하고 구토 증상도 나고, 정상적인 생활을 할 수가 없었다. 그래서 어느 날 아침 가방에 간단한 옷가지와 일용품만 챙겨 넣고 중국으로 건너갔다. 해외출장을 자주 가는 편이었으므로 여권과 비자 같은 건 문제가 되지 않았다. 항상 준비되어 있는 상태였으므로 몸만 떠나면 그만이었다.

어차피 중국도 가긴 갔어야 했다. 상품대금도 받아야 했다.

사람의 육체와 마음의 기능은 정말 오묘하다. 내 몸이지만 내 마음대로 되지 않고, 머리로는 알고 있지만, 마음이 따라 주지 않는 게 사람이다. 병원에 가서 진료도 받고 검사도 받았는데 신체 이상은 없다고 했다. 그렇지만 잠자리에 누우면 피가 계속 거꾸로 치솟는 것 같고 머리가 어지러워 잠을 잘 수가 없었다.

그런데 중국에 간 첫날 밤, 잠을 자는데 그렇게 편할 수가 없었다. 그동안 괴롭히던 피가 분수처럼 솟아오르는 느낌도 없고, 어지럽고 메스꺼운 증상도 전혀 없었다. 단지 잠자리만 바뀌었는데도 이렇게 달라지는 건 어떤 이유에서일까? 심리적인 원인 외에는 달리 설명할 수 없을 것 같다. 누군가로부터 전화가 올 것이라는 예감, 물품대금을 어떻게 해결할 거냐고 아우성치는 소리, 사무실과 집으로 찾아올 것이라는 생각, 이런 것들이 머릿속을 가득 채우고 있으니 육체의 기능이 정상적으로 작동할 수 없었던 것 같다.

육체가 서울을 떠나서 중국 땅 위에 자리를 잡자 이러한 번잡한 생각들로부터 자유로워지고 마음도 편안해져 버린 것이다.

이렇게 시작된 중국에서의 생활이 9개월 정도 되었을 때였다. 그 날은 일요일이었다. 비가 내리고 있었고 태풍이 남쪽에서 몰려오고 있었는데 곧 중국과 한국에 영향을 미칠 거라고 했다. 그다지 바쁜 일도 없었고 휴일이라 느긋하게 아침 식사를 해결하고 여유롭게 식탁에 앉아 쉬고 있었다.

그때 막내 동생에게서 전화가 왔다. 중국에 9개월이나 있으면서 한국에서 오는 전화를 받은 것은 그때가 처음이었다. 내가 필요해서 전화를 걸기는 했지만 걸려오는 전화를 받은 적은 없었다. 가족 외에는 전화번호를 아는 사람도 없었고 아내도 내가 전화하지 않으면 스스로 전화를 하지는 않았다. 아내는 나보다 조심성이 더 많아서 혹시 전화하다가 채권관련자에게 들키기라도 할까 봐 바짝 웅크리고 살고 있었다. 나는 중국에서 해야 할 일 외에는 아무것도 생각하지 않고 몸과 마음을 그저 방임상태로 두고 싶었다. 그러니 동생에게서 전화를 받는 순간 마음이 바짝 당겨진 활처럼 긴장되었다.

"형님, 아부지가 돌아가셨는데요."

"언제?"

"오늘 조금 전에요."

나는 더 이상 말을 할 수가 없었다. 어떤 말을 해야 할지 아무

것도 생각나지 않았다. 그저 멍했다.

그 전날 밤 나는 꿈에서 돌아가신 할머니를 만났다. 할머니가 돌아가신 이후로 꿈속에서 할머니를 만난 건 그게 처음이었다. 한국도 아니고 멀리 중국의 내륙지역인 우한까지 어떻게 알고 오셨는지, 무엇을 손자에게 전해주려 오셨는지, 할머니는 아주 건강한 모습으로 나타나셨다.

나는 할머니를 조그만 자동차에 태웠다. 마치 티코처럼 네모난 작은 차였는데 할머니와 나, 두 사람만 탈 수 있는 차였다. 차는 고속도로처럼 곧게 뻗은 도로를 달렸는데 한참 가다 보니 도로 앞에 높은 벽이 세워져 있었다.

도로는 왼쪽이든 오른쪽이든 갈 수 있는 길이 없었고 벽은 90도 각도로 똑바로 높이 세워져 있었다. 내가 브레이크를 밟으려 하자 할머니는 그냥 가자고 하신다. 차는 그대로 앞으로 나아갔고 곧이어 90도로 꺾어진 벽을 타고 올라갔다.

벽의 끝까지 올라오자 키가 큰 나무가 한 그루 있었는데 가지에는 빨간 열매가 주렁주렁 달려 있었다. 이제까지 내가 본 적이 없는 과일이었는데 완전한 빨간색으로 탐스럽게 열려 있었다. 무슨 과일인지 알 수가 없었지만, 아주 먹음직스러울 만큼 예뻤다. 할머니는 "배도 고픈데 하나씩 따먹자"고 하셨다. 웬일인지 나는 배가 고프지 않았다. 따먹고 싶은 마음도 생기지 않았다. "저는 배가 안 고픈데요. 안 먹을래요." 할머니가 몇 번 더 권했지만, 나는 한사코 거절하며 먹지 않았다. 할머니 혼자만 맛있게 잡수셨다.

그러다가 잠이 깼다. 평소에 꿈도 자주 꾸지 않고 더구나 꿈에 할머니가 나타난 적도 없었는데 이런 꿈을 꾸다니 이상한 생각이 들었다.

그 날 식탁에 앉아서 이 생각 저 생각을 하는 와중에 이 꿈도 생각하고 있었다. 집에 무슨 일이 생긴 걸까? 아니면 내 신변에 어떤 변화가 있는 걸까?

젊은 사람의 꿈은 허황한 망상이 많다는데 나도 심신이 복잡해지고 약해지니까 이런 쓸데없는 꿈을 꾸는 걸까? 이런 잡다한 생각을 하고 있었다.

그런 시점에 동생의 전화를 받았다.

할머니의 영혼은 너무나 신비스러웠다. 그리고 정말로 고귀했다. 내가 꿈을 꾸고 있던 시간에 아버지는 이승에서의 마지막 시간을 죽음의 신과 사투를 벌이고 있었다. 그 위기의 시간에 나에게 와서 소중한 메시지를 주고 가셨다.

아무런 생각도 하지 말고 한국으로 돌아가라는 메시지를.

훗날 엄마에게 이 꿈 얘기를 했더니 엄마는 이렇게 말씀하셨다.

"니가 그 열매를 안 따먹기를 잘했다. 그 열매를 따 먹었으면 니가 죽는 꿈이야."

설마 할머니가 나를 데려가려고 오시지는 않았을 거라고 굳게 믿는다. 다만 나에게 그 귀중한 시간에 경각심을 일깨워 주려고 오셨을 것이다.

올 때도 가방 하나 달랑 들고 왔듯이 돌아갈 때도 번잡스럽게 준비할 건 없었다. 필수품만 간단하게 챙겨 넣고 상하이행 비행기를 탔다. 우한에서 바로 한국으로 가는 비행기는 없었다. 상하이로 가서 서울행 비행기를 갈아타야 했다. 상하이 공항에 도착하자마자 서울행 비행기 표를 사러 갔지만, 표를 살 수가 없었다. 태풍이 몰려오는 중이라 비행기가 뜰 수 없다는 것이었다. 마음은 초조하고 답답했지만, 자연의 재난에 어쩔 수 없이 다음날 표를 예약하고 가까운 민박집으로 갔다.

빗줄기는 점점 더 굵어지고 바람도 더욱 거세게 불어 왔다. 이러다가 내일도 못 가는 게 아닐까? 마음은 계속 심란해지고 잠도 오지 않았다. 밤새워 뒤척이다가 거실로 나와 물 한 잔 마시고, 그래도 잠은 오지 않고 불안해지는 마음에 다시 거실로 나와 커피 한 잔 마시고, 이걸 반복하다 보니 어느새 새벽이 되었다.

아버지가 이 세상에서의 삶을 마지막으로 정리하시는 순간에 함께 옆에서 지켜드리지도 못했는데 하늘나라로 가시는 순간에도 동행해 드리지 못한다면 말이 되겠는가. 살아 계실 때 잘 모시지도 못했는데 가시는 순간까지 그렇게 된다면 내 삶의 끝까지 한으로 남을 것 같아서 마음이 무척 괴로웠다. 다행히 형님과 동생이 아버지의 마지막 여정 내내 함께 있어 주어서 아버지로서는 조금이나마 위안이 되셨을 것이다.

사람은 태어남과 동시에 청각을 가지고 있다. 아기가 배 속에 있을 때 노래를 불러주고 아기의 이름을 불러주면 아기가 태어나서 눈도 뜨지 못할지라도 그 노래를 부르고 이름을 부르면 그쪽으로 고개를 돌린다고 한다.

사람은 죽음이 임박해져도 청각은 가지고 있다. 비록 사람을 알아보지 못하고 말을 하지 못할지라도 누군가 자기를 향해 말하는 것을 들을 수는 있다는 것이다. 육체가 가지고 있는 감각 중에 가장 끝까지 가지고 있는 것이 청각이다. 그래서 죽음이 가까워지고 있는 사람에게 자식이나 형제 또는 가족이 따뜻하게 손을 잡아주고 즐거웠던 얘기를 해주고 천국에서의 행복한 삶을 얘기해 주면, 그는 편안한 얼굴로 죽을 수 있는 것이다. 고통에 겨워 얼굴을 찡그리고 아우성을 치면서 죽는 것보다는 행복한 모습으로 세상을 하직하는 게 얼마나 큰 복일까?

이런 점을 생각하면 나는 아버지가 가질 수 있는 마지막 복을 채워주지 못했다. 아주 다행스러운 것은 형님과 동생이 너무나 너그럽고 착한 마음씨를 갖고 있어서 이런 나를 전혀 질책하지 않을뿐더러 내 몫까지 아버지를 위해 아낌없이 받들어 모신 것이다.

그 날 아침이 되자 바람과 비는 점차 누그러졌다. 비행기도 제시간에 이륙할 수 있었고, 나는 마음을 졸인 끝에 아버지가 모셔진 영남대학교 병원 영안실에 도착할 수 있었다.

죽음과의 마지막 사투

그 날 대구는 무척 무덥고 후텁지근했다. 예전부터 대구의 여름 날씨는 불볕더위로 소문이 났다. 38, 39도를 오르내릴 때도 있고 비도 그리 많이 내리지 않는다. 그렇다고 겨울이 따뜻한 것도 아니다. 겨울은 겨울대로 추위가 몸서리친다. 지형이 분지라서 대기의 흐름이 원활하지 않아 찬 공기와 뜨거운 공기가 잘 빠져나가지 않아서 매우 덥고 추운 날씨가 생긴다고 한다.

그 날은 비가 내렸다. 더운 날씨에 습도가 높으니까 방 안에 가만히 앉아 있어도 땀이 흘러내렸다. 아버지는 건강상태가 좋지 않았다. 며칠 전부터 속이 불편하고 이따금 배가 아프기도 했다. 사나흘 전에는 친구 생일이 있었는데 엄마는 거기에 못 가도록 말렸다. 옆에서 지켜보기에도 몸 상태가 정상이 아니었고 되도록 멀리 이동을 하지 않고 집에서 몸조리하기를 바랐다.

그런데 엄마가 잠깐 바깥에 외출하고 온 사이에 아버지는 친구

생일에 가셨다. 생일잔치에 다녀오신 이후로 좀 더 배가 아프다고 하셨다. 뭘 먹었는지 말씀이 없었으니 알 수는 없으나 아무래도 잔치에는 고기와 기름진 음식과 술이 적더라도 곁들였지 않았을까? 아버지는 술로 인한 당뇨가 오래되어서 이미 콩팥이 제 기능을 못 한 지 오래 되었다. 그러니 이런 음식은 소화도 제대로 되지 않고 몸에 도움이 되지도 않는다. 엄마는 그런 사실을 알고 있었기에 그 자리에 못 가도록 말렸는데 아버지는 엄마가 자리를 비운 사이에 그곳에 참석했다. 하긴 나이가 들수록 만나는 사람도 적어지고 친구도 하나씩 사라져 가니 대화도 나눌 겸 친구가 보고 싶었을 것이다. 오래 묵혀진 친구를 만나 답답한 심정도 풀어놓고 흘러간 추억도 더듬어 보는 것도 마음을 안정시키는 데는 도움이 될 것이다. 그렇지만 그런 자리에 음식이 빠질 수는 없지 않은가.

그곳엘 다녀오신 후로 좀 더 배가 아프다고 해서 월요일 아침에는 병원에 가기로 예약을 했다. 그 날은 일요일이라 그렇게 진료 날짜를 잡았다. 그날 밤 아버지는 건넌방에서 잠을 자고 엄마는 안방에서 잠을 잤다. 아버지는 몸 상태가 편치 않아 조금이라도 바람이 더 잘 부는 곳을 찾았고, 옆에서 어떤 물체가 피부에 닿는 걸 싫어해서 혼자서 건넌방에서 자기를 원했다. 건넌방은 창과 방문 그리고 현관문이 일직선으로 놓여 있어 세 개의 문을 열면 바람이 쉽게 드나들 수 있어 무더운 날씨에 조금이나마 바람의 혜택을 더 볼 수 있다. 여름철이 시작되면서부터 아버지는 그

방에서 잠을 잤다.

아버지는 쉽게 잠속으로 빠져들지 못했다. 속이 좀 불편하다고 하시면서 저녁 식사도 제대로 하지 못했는데 잠자리에 누워서도 배가 조금씩 아프다고 하면서 잠을 자지 못했다. 잠시 자리에 누 웠다가 일어나서 거실에 나와서 서성거리기를 반복하셨다. 엄마 는 몇 번이나 아버지의 방에 들어가서 뭐 때문에 불편해하는지 확인해 보았다. 배가 많이 아팠다면 이전에 먹던 약이라도 찾아 주었겠지만, 그 정도로 아픈 건 아니었다. 참을 수 있을 정도로 조금 아프다가 가라앉곤 했다. 아침에 병원 예약이 되어 있으니 그때까지 기다려 보자는 심산이었다.

죽음이 가까워지면 평소와는 좀 다른 습관이나 행동을 보이는 경우가 많다고 한다. 오랜 병치레로 힘이 없이 누워 지내던 사람 이 갑자기 기운이 돌아온다든지 말이 별로 없던 사람이 말이 많 아진다든지 병상에 누워 있던 사람이 일어나려고 한다든지 식욕 이 없어 밥을 잘 안 먹던 사람이 밥을 많이 먹는다든지 하는 경 우다. 할머니는 돌아가실 때 그 전날 저녁 식사를 잘하셨다. 보통 의 어른이 먹는 밥 한 공기를 뚝딱 드셨고, 장롱을 열어서 이불이 며 베개를 꺼내서 직접 잠자리도 마련하셨고, 죽음이 임박했다고 는 전혀 느낄 수 없을 만큼 건강하게 보였다. 그리고는 잠이 들면 서 그 길로 하늘나라로 가셨다. 가끔 "저녁밥 잘 먹고 밤새 죽었 다"는 말을 듣는 경우가 있는데 할머니가 꼭 그런 경우였다.

그날 밤 아버지는 엄마를 옆에 붙들어 두고 싶었다. 평소 아버지는 말이 별로 없고 엄마에게도 다정스런 표현을 잘 하지 않았다. 속마음이야 불꽃 같은 마그마를 품고 있었는지 모르겠지만, 겉으로 나타나는 표현은 아주 무덤덤 그 자체였다. 그 날 엄마가 아버지의 방을 들여다보고 나올라치면 아버지는 "더 있다 가라"거나 "옆에 좀 앉아 봐"라고 했다. 아버지는 잠도 오지 않고 뭔가 평소와 다른 동물적인 감각을 느껴서 엄마를 붙들어 두고 싶으셨던 것 같다.

그렇지만 엄마는 그 반대였다. 엄마는 아버지가 평소와 좀 다르다는 느낌을 그 순간에는 느끼지 못했다. 아버지가 잠에 못 드는 그때 엄마는 너무 졸음이 몰려와서 참기가 힘들었다. 그래서 몇 번을 아버지 방을 드나들다가 안방에 가서 깊은 잠에 곯아떨어졌다.

아마 죽음의 신이 아버지와 엄마를 갈라놓으려고 심술을 부린 게 아닐까. 아직 이승에서 해야 할 일이 많은 엄마에게 저승의 문턱을 넘나드는 아버지와의 정을 떼어놓기 위해.

아버지가 돌아가신 후에 그 날을 곰곰이 되새겨 보는 과정에서 엄마는 그 당시 아버지의 감정이 평소와 많이 달랐다는 걸 깨달았다. 팔뚝의 피부색도 거뭇거뭇해져 있었다. 그런데 하필이면 왜 그 시간에 그렇게 졸음이 몰려 왔을까? 아버지는 이승에서의 마지막 시간을 버티기 위해 엄마에게 손길을 요청했는데 엄마는 왜 그것을 몰랐을까? 그때를 생각하면 엄마의 가슴은 미어진다. 오십여 년을 함께 살아왔는데 어째서 마지막 구원의 손길을 몰라

주고 그 힘든 시간에 동행을 못 해줬을까? 엄마는 너무나 깊은 자책감이 들고 미안한 마음으로 가슴이 터질 듯하다.

인생살이에 있어서 만약이란 말은 소용없는 것이지만, 만약 그 순간에 엄마가 아버지 옆에 함께 앉아서 힘든 시간을 같이 나누었다면 아버지는 마지막 말씀을 몇 마디라도 남기지 않았을까? 자꾸만 까무러져 가는 정신을 필사적인 마음으로 일으켜 세우며 "나 인제 간다. 잘 있으라"라는 한마디라도 하지 않았을까? 외롭고 쓸쓸하고 힘든 순간에 마지막 의지할 대상으로 엄마를 불렀는데 그 귀중한 시간을 놓친 게 엄마는 너무나 아쉽다. 결국, 엄마가 아버지에게서 들은 마지막 대화는 "더 있다 가"와 "옆에 좀 앉아 봐"였다. 그 이후로는 어떤 말도 들은 게 없다.

그날 밤이 지나고 아침이 되었다. 방문이 활짝 열려 있는데 아버지는 가늘게 신음을 내뱉고 있었다. 엄마는 화들짝 놀랐다. 지난밤보다 생기가 없었고 몸이 축 늘어진 것 같았다. 마침 막내 동생이 휴가를 받아 집에 왔는데 엄마와 둘이서 아버지를 일으켜 세웠는데 더 이상 아버지는 발걸음을 옮기지 못하셨다.

마음이 급해졌다. 가슴이 콩닥거렸다. 빨리 병원으로 모셔야 한다는 생각뿐이었다. 거주하는 곳이 2층인데 부축해서 계단을 내려갈 수는 없었기에 동생이 아버지를 업고 엄마는 뒤에서 거들면서 현충로에 있는 김 내과 병원으로 갔다.

그 병원은 이전부터 치료를 받아왔고, 그 날 아침에도 예약해 둔 상태였다.

그러니 의사는 아버지를 잘 알고 있었다. 아버지를 업고 병원 문을 들어서니 대기실에는 여러 손님이 앉아 있었고, 원장실에서는 의사가 환자를 진료하고 있었다. 문소리를 듣고 의사가 바라보더니 진료하던 환자에게 "잠깐만요, 저기 급한 환자가 왔는데 먼저 좀 봐야겠어요." 하고는 벌떡 일어나서 아버지를 침상 위에 눕히게 했다. 의사는 바라보는 순간 상태가 위급하다는 것을 직감적으로 알아차렸다. 의사는 곧바로 아버지의 목에 주사를 놓고는 말했다.

"빨리 큰 병원으로 가야 합니다."

너무나 황망한 마음에 그 주사가 어떤 것인지 물어볼 생각도 하지 못했다.

의사가 설명했는지 안 했는지조차 전혀 기억이 나지 않는다. 마음은 급하고 몸은 부들부들 떨리고 무언가를 조리 있게 생각하고 행동하는 것이 불가능했다. 추측건대 응급처치로 모르핀 주사를 놓은 게 아닌가 생각된다.

그때 연락을 받고 형님이 도착했다. 그리고 즉시 영남대학교 병원으로 옮겼다. 응급실 침상에 눕혀진 상태에서 인공호흡을 했지만 이미 약해진 심장의 기능은 좀체 회복되지 않았다. 의료진은 땀을 흘려가며 인공호흡을 시도했지만, 소생하려는 반응이 없었다. 다시 산소 호흡기를 설치했다. 시간이 흘렀지만 역시 차도가 없었다. 이제 판단을 내려야 할 시간이 다가왔다. 그때가 오후 1시, 의사는 사망선고를 내렸다.

아버지가 돌아가시기 2년 전 엄마는 아버지와 함께 할아버지, 할머니의 산소에 간 적이 있었다. 잔디 사이에 난 잡초도 뽑고 봉분도 깨끗하게 손질도 하려고 갔는데 이 일은 해마다 하던 일이었다. 이 산소의 자리는 아버지가 앞으로 우리 가족 전체의 묘지로 쓰기 위해 정성 들여 마련하셨고, 그 후 아버지는 할아버지, 할머니의 산소를 소중하게 다듬어 오셨다. 물론 그 아래쪽에는 아버지와 엄마가 들어갈 자리도 미리 준비해 놓았고, 그곳 역시 잔디를 심고 깨끗하게 관리해 오셨다.

그 날은 일요일이었고 날씨가 맑고 하늘은 청명해서 앉아서 풀을 뽑는데도 지루한 줄도 몰랐다. 그렇게 풀을 뽑고 일어서는데 아버지의 바짓가랑이가 젖어 있는 걸 엄마는 보았다. 오랫동안 당뇨가 있었는데 그 합병증으로 콩팥이 녹아 버려 제 기능을 하지 못했다. 그 때 이후로 집에서 잠자면서도 간혹 이렇게 흘러내린 경우가 있었다. 아버지는 술로 인한 알코올성 당뇨였는데 이 정도로 심해진 상태에서도 술을 완전히 끊지는 못하셨다.

아버지가 돌아가신 후 엄마는 가끔 그것을 생각해 본다. 왜 술을 그렇게도 끊지 못했을까? 엄마도 만류하고 담당의사도 "술을 더 마시면 곧 죽어요" 하면서 엄포를 놓았는데도 그걸 끊지 못했을까? 아버지는 평소 사리분별이 분명했는데 정작 자신의 술 문제만큼은 확실하게 정리하지 못하셨다. 결국, 그것으로 인하여 좀 더 일찍 하늘나라로 가셨다. 엄마는 늘 그것을 안타깝게 생각한다.

인연 맺기

아버지는 열여덟 살이 되던 해 안덕중학교에 입학했다. 일제시대에 도평초등학교를 졸업하고 몇 년간 집에서 농사일을 거들고 지내다가 해방이 된 후 안덕면에 중학교가 설립되자 첫 입학생으로 들어가게 되었다. 아버지가 살던 집은 현동면이었는데 학교가 있는 안덕은 집에서 이십여 리 떨어진 곳이다. 당시 그 인근에는 도평초등학교와 안덕초등학교가 있었고, 중학교는 없었는데 처음으로 안덕중학교가 생긴 것이다. 해방된 지 이 년이 지난 해에 학교설립의 소문이 나돌았고, 그다음 해 1948년에 첫 입학생을 모집했다.

시골 살림에 대구나 서울과 같은 큰 도시로 나가서 공부한다는 것은 생각할 수도 없었고, 가까운 지역 내에 학교가 생기면 다닐 수 있고 없으면 못 다니는 게 당시의 실상이었다. 중학교가 생겼지만, 학비가 걱정되어 못 다닌 애들도 많았다. 아버지는 공부에 대한 욕심이 많았다. 공부해야만 훌륭한 사람이 될 수 있다고 믿었다.

첫 입학생들은 대개 나이가 많았다. 초등학교를 졸업하고 중학교에 가지 못하던 애들이 그 해 많이 입학했다. 아버지는 그때의 입학 동기생들과 계속 모임을 가져 왔다. 아버지의 장례식에도 그 모임의 친구들이 찾아 왔었는데 아버지보다 나이가 적은 사람은 없었다. 50년간이나 사귀어 온 친구들이니 서로를 생각하는 마음은 각별했고, 친구를 또 하나 떠나보낸다는 생각에 매우 울적하게 느끼며 상심해 하는 분위기였다. 머리카락은 흰색으로 덮여 있었고, 얼굴은 잔주름이 촘촘히 박혀 있었고, 이마에는 굵은 주름이 계급장처럼 줄을 긋고 있었고, 키는 예전보다 작아져 있었다. 그분들은 인사만 하러 온 문상객이 아니었다. 오랫동안 앉아서 먼저 가는 친구를 배웅하고 있었다.

아버지가 안덕에 있는 중학교를 입학한 것은 아버지의 일생에서 아주 중요한 인연의 계기가 되었다. 엄마가 살고 있던 집은 그 중학교와 아주 가까웠다.

남 씨 일가의 한들댁 할아버지와 큰 외할아버지는 친구 사이였는데 그런 연유로 두 사람의 중신 얘기를 꺼내게 되었다. 봄에 그 얘기가 시작되어 그해 동짓달에 결혼을 하였다. 엄마와 아버지는 동갑내기였다. 아버지는 1학년에 다니던 중이었는데 집에서 이십 리 길을 걸어서 학교에 다니기에는 너무 멀어서 처음에는 아버지의 외가인 새말에서 통학을 했다. 그러다가 결혼을 하고 나서 엄마의 친정집에서 거주하며 학교에 다녔다. 나의 외가인데 그 집에서 학교까지는 불과 삼사백 미터나 될까? 아주 가까워서 통학하기에 매우 편했다. 평일에는 그곳에서 지내고 토요일에는 집으로 돌아갔다. 그렇기에 엄마는 결혼을 하고 나서도 한동안 시댁으로 신행을 가지 않고 친정에서 그대로 지내다가 그 이듬해에 신행을 갔다.

"엄마, 중매해서 선봤을 때 어떤 느낌이었어요? 첫눈에 아버지가 마음에 들었어요?"

"아니야. 결혼 전에는 얼굴도 못 봤다."

"보지도 않고 어떻게 결혼을 해. 그럼 결혼 전에 놀러 다니거나 연애도 못 해 봤겠네."

"그런 건 생각지도 못했다. 그렇게 하는 사람은 아무도 없었어."

아버지와 엄마는 서로 얼굴도 모르는 상태에서 결혼식을 올렸다. 아버지의 엄마도 엄마를 보지 못했고, 엄마의 아버지와 어머니도 아버지를 보지 못했다. 중매쟁이 말만 듣고 결혼을 한 것이다. 말 그대로 '깜깜이 맞선'을 보고 결정을 내린 것이다. 요즘의 상식으로는 전혀 이해가 되지 않는다. 나도 벌써 환갑이 넘었는데 나로서도 도무지 이해가 되지 않는다.

경상북도는 산이 많은 지역이다. 그래서 산골의 오지 지역이 많은데 그중에서도 청송은 가장 오지 중의 하나다. 그 당시에 어른들이 하던 말에 의하면 청송, 봉화, 문경이 경북에서 가장 산골 오지라고 했다. 따라서 새로운 문명도 진입하는 속도가 매우 느렸고 상대적으로 옛 관습의 보존은 잘 되었다.

해방되었고 전제군주의 시절도 막이 내렸고 자유의 물결이 서서히 밀려들어 왔지만, 아직도 청송사회까지는 그 영향이 미치지 않았고, 씨족사회에서는 여전히 양반집들의 관습이 남아 있었다. 그래서 감히 "신랑, 신부 될 사람 얼굴 좀 보자"는 말을 꺼내지 못했다. 그것은 양반 집안의 체통에 맞지 않고 또 잘못하면 상대 집안을 믿지 못한다는 말로 들릴 수도 있어서 함부로 꺼낼 수 없는 말이었다. 단지 중매쟁이를 통해서만 확인해 볼 뿐이었다. 그래서 당시에는 이런 말이 있었다.

"중신 잘하면 술 얻어먹고, 잘 못 하면 맞아 죽는다."

결혼 날짜를 잡아 놓은 상태에서 이상한 소문이 들렸다. 신랑 될 사람이 한쪽 다리가 절고 팔도 부상당해 똑바로 못 편다는 말이었다. 엄마의 집안에서는 안절부절못했다. 엄마 역시 걱정이 태산 같았다. 이걸 어떻게 해야 하나? 결혼을 꼭 해야 하는 건가? 이대로 결혼한다는 건 결국 병신에게 시집가는 꼴 아닌가. 지금에야 결혼하지 않고 독신으로 지내는 처녀 총각이 많지만, 당시에는 특히 여자가 결혼하지 않으면 집안의 망신이고 그 사회에서 남사스러운 일로 치부되었다.

"엄마, 아버지가 바로 옆의 학교에 다니는데 학교 앞에 가서 기다렸다가 확인해 보지 그랬어요?"

"여자가 남자 만나고 다니는 소문이 나면 집안 망신이라고 난리가 나. 그러면 시집 길도 막히고 평생 처녀로 살아야 해."

그때는 여자가 처녀로 늙어 죽는 게 지금으로 치면 마치 무기징

역으로 감옥에서 평생을 보내야 하는 것처럼 여겼던 것 같다. 그러니 그런 말은 입 밖에도 내지 못했다. "파약하자"는 말까지 나올 즘에 외할아버지는 확인해 보려고 학교 앞으로 갔다. 등하교하는 학생들 사이에 다리 저는 사람이 있나 보려고 했는데 다리 저는 사람은 없었지만 누가 누군지 분간할 수가 없었다. 그때까지 신랑 될 사람을 만난 적도 없었고, 사진조차 본 적이 없었으니 알 수가 없었다. 그렇다고 해서 딸을 속아서 병신에게 시집보낼 수는 없었다. 결국, 큰맘 먹고 아버지가 사는 마을로 염탐하러 갔다. 이게 아버지의 집안에 말이 퍼져 들어가면 안 되니까 아주 조심스럽게 가서 알아보았다.

소문의 원인은 결혼한 후에 밝혀졌다. 안덕에 사는 다른 집에서 자기 딸을 아버지에게 시집보내려고 헛소문을 퍼뜨린 것이었다. 딸을 아끼고 사랑하는 마음이야 이해되지만 멀쩡한 사람을 장애인으로 만들고 남의 딸의 신세를 망치는 것은 내가 알 바 아니다는 생각, 욕심이 많아지면 눈에 보이는 게 없어지고 다른 사람을 배려하는 마음은 발톱에 묻은 때만큼도 여기지 않나 보다.

이런 우여곡절은 있었지만, 아버지와 엄마는 결혼까지 골인했다. 엄마는 그 이듬해에 시댁으로 신행을 왔고, 살아가는 환경이 바뀌면서 몸 고생, 마음고생이 이만저만이 아니었다.

우리 집이나 외가나 두 곳 다 시골이기는 마찬가지이지만 외가는 면 소재지에 있어서 사람들의 내왕도 많았고 장날이 되면 장꾼과 손님들이 몰려서 시끌벅적해져서 시골 중에서는 번화가였다. 그런데 우리 집은 산과 산 사이의 계곡에 파묻혀서 첩첩산중에 들어온 느낌이었다. 면 소재지인 도평에서도 십리 길을 더 들어가야 나오는 한적하고 외딴 시골이었다. 엄마는 어느 외딴 산골에 유배되어 온 느낌을 받았던 것 같다.

집은 작은 초가집이었는데 본채는 방 두 칸과 부엌이 딸려 있었고 그 중 방 하나는 구들이 깔려 있지 않아 여름에는 사용할 수 있지만, 겨울에는 추워서 사용할 수가 없었다. 그 본채의 방에 할머니와 한방에서 기거를 하고 여름에는 구들이 없는 방을 사용했다. 아래채에는 방 한 칸이 있고 그 옆에는 마구간이 달려 있었는데 그 방은 증조할아버지와 증조할머니가 기거했다. 마당에서 방으로 들어가려면 축담을 딛고 올라서서 방으로 들어가야 했는데 이 축담이 높아서 다니기에 상당히 불편했다. 그렇게 한 것은 아마 비가 많이 올 때 빗물이 넘치는 것을 방지하기 위한 목적이었던 것 같다.

우리 집과 이어진 옆 필지에는 움막처럼 된 우리 집보다 더 작은 초가가 있었고, 그곳에는 방 두 칸이 있었다. 그 방 하나는 작은할아버지와 작은할머니가 쓰고 다른 방 하나는 도장으로 사용하고 있었다. 그분들은 잠은 그 집에서 자고 낮 동안의 생활은 우리 집에서 다 같이 함께 했다. 농사일이란게 거의 전부 사람 손으로 하는 데다 한 사람씩 흩어져서 하는 것보다는 여럿이 모여서 힘을 합쳐 하는 게 훨씬 편하므로 자연스럽게 공동생활이 된 것이다. 일도 같이 하고 밥도 같이 먹는 것이다. 그러다 밤이 되면 각자 잠잘 방으로 갔었다.

그러나 그 속을 들여다보면 엄마는 층층이 어른을 모셔야 했다. 할머니, 증조할아버지와 증조할머니, 작은할아버지와 작은할머니 이렇게 다섯 분이나 되는 어른이 지키고 있으니 나이 열아홉의 며느리로서는 숨 쉬는 것도 어려웠을 것이다. 남편인 아버지도 없는 집, 혼자서 조용히 쉴 수 있는 방도 없는 곳, 그곳에서 엄마는 어떻게 그 외롭고 힘든 시간을 이겨 냈을까? 엄마는 일제시대를 살아오면서 감옥 같은 힘든 시절을 버텨 온 경험이 있어서 어지간한 어려움과 힘든 일에 부딪히더라도 참고 견디는 내공이 생긴 듯하다.

이 시기 아버지는 학교에 다녔고 토요일에만 집으로 왔다. 당시 해방된 지 얼마 되지 않아서 학생들을 가르칠 선생이 너무 부족했었다. 그래서 일종의 속성사범학교를 설립 운영했는데 아버지는 중학교를 졸업하고 그 교사양성학교에 다녔다. 그리고 초등교사 자격을 획득하고 고향 마을에 있는 개일초등학교에 부임해서 집으로 돌아왔다. 엄마가 우리 집으로 신행을 온 지 삼 년여가 지난 뒤였다.

그 무렵 우리 집은 초가집을 헐어내고 새 기와집을 지었다. 마을에서 처음 생긴 기와집인데 이전 초가집보다 더 넓고 더 크게 지어서 살림살이의 공간도 좀 더 여유를 갖게 되었다. 그때 이미 형과 누나가 태어났고 나는 새로운 기와집에서 처음 태어난 아들이 되었다.

시골 학교 선생님

고향 마을에 초등학교가 하나 있었다. 해방이 되고 나서 4년이 지난 후 1949년 9월에 개교를 한 개일초등학교이다. 우리 마을은 면 소재지에서 십 리를 더 들어 온 산골인데 이곳에서 한참을 더 들어가면 월매 마을이 있고, 왼편으로 고개를 넘어서 한참을 가면 눌인 마을이 있다. 이 세 마을의 아이들이 이 학교에 다니게 되었다.

이 학교가 생기기 전에는 면 소재지에 있는 도평초등학교를 다녀야 했는데 우리 마을에서 십 리가 되는데, 멀리 월매나 눌인에서는 거의 이십 리 길을 걸어가야만 학교에 다닐 수 있었다. 너무 멀기도 하고 농사를 하는 집에서는 아이들도 해야 할 일이 많은데 왔다 갔다 하는데 너무 많은 시간을 허비해야 하니 아예 아이를 학교에 보내지 않는 경우도 많았다.

학교는 세 마을의 사이에 있는 산기슭을 평평하게 땅을 다듬어서 세워졌다. 학교를 중심으로 해서 앞쪽으로 이어진 길을 따라가면 월매가 나오고 그 마을을 지나면 보현산이 있다. 왼편으로 꺾어서 따라가면 핏재라고 불리는 산고개를 넘어야 하는데 그 길을 따라가면 눌인이 나온다.

두 마을 다 산속에 파묻힌 오지마을이다. 그곳에 학교가 생기지 않았더라면 학교에 다니지 못할 아이들이 많았을 것이다. 오른쪽을 돌아내려 오면 우리가 살던 개일 마을이 나온다. 학교는 마을보다 지대가 높은 산기슭에 자리 잡고 있어서 타지에서 마을로 돌아올 때 마을 초입에 들어서면 아담하고 산뜻한 교사의 모습이 한눈에 들어온다. 그 학교 건물이 차지한 풍경을 보면 언제나 아름다운 추억들이 솟아나고 마음은 포근하고 따뜻한 온기로 가득 찬다.

학교 운동장은 아이들이 뛰어놀기에는 모자라지 않았다. 건물은 목조로 된 1층이었는데 당시 가정주택이 거의 초가였는데 비해 슬레이트로 지붕을 올린 아담한 모양은 푸른 산과 어울려 이국적인 풍경을 연출해 주었다. 운동장 오른쪽은 산비탈로 이어져서 계절의 변화와 함께 자연이 주는 교육을 아낌없이 받을 수 있었다. 왼쪽은 밭으로 이어지는 평지인데 그곳에는 해마다 코스모스가 빼곡히 자라났다. 늦여름부터 피기 시작하는 코스모스는 아이들을 동화의 나라로 안내하는 데 부족함이 없었다. 우리는 연신 꽃 속에 얼굴을 들이밀고 들어가 앉았는데 그러면 키 큰 코스모스에 파묻혀 얼굴을 분간할 수 없었다.

그곳은 책으로 글을 배우는 게 전부가 아니었다. 시험 점수를 잘 따기 위해 공식을 외우고 답안을 외우는 곳이 아니었다. 좋은 학교 진학을 위해 엄마들이 치맛자락을 흔들며 드나들지도 않았고, 방과 후에 과외 공부를 하라고 다그치는 부모도 없었다. 부모들은 아이를 학교로 보내서 선생님에게 맡기는 걸로 임무를 끝냈다. 아이가 입학한 후에는 학교로 찾아오는 부모는 6학년 졸업할 때까지 전체 학생을 대상으로 하더라도 한 손으로 꼽을 수도 있을 만큼 거의 없었다. 동네에 어느 집에 누가 살고 있는지, 누구네 집이 지금 형편이 어려운지, 아이가 무슨 일을 당했는지 한두 사람의 입만 빌리면 다 알 수 있었으므로 필요하면 선생님이 가정방문을 하면 그걸로 충분했다. 아이들은 아침밥을 먹으면 스스로 책보자기를 들고 학교로 가, 산이며 들로 꽃도 보고, 흙도 만지고, 개울에서 물놀이하고, 물고기도 잡으며 하루해가 가는 줄도 모르고 신나게 뛰어놀았다.

　　지금 나는 그 시절로 돌아가고 싶다. 환갑이 넘도록 살면서 그 시절만큼 머리를 맑게 간직할 수 있었던 때가 없었다. 그때만큼 누구의 눈치도 보지 않고 어떤 간섭도 없이 내 자유대로 마음껏 살았던 시절이 없었던 것 같다. 아이의 가슴에는 꿈으로 가득 차 있는 것이 좋다. 즐거운 일을 마음껏 할 수 있어야 한다. 자연 속에서 뒹굴며 꽃과 나무와 친해지고 새와 동물을 가까이하며 살아야 한다. 그 학교에서는 선생님이 아이들을 가르치지만, 아이들을 키우는 건 자연이었다. 바람과 태양, 비와 눈, 흙과 개울이 놀이 도구이자 친구였다. 비록 살갗은 까무잡잡하고 살집이 없어 깡마른 체구들이지만 잔병을 모르고 자라는 건강하고 튼튼한 몸이었다.

세상 물정 모르는 어릴 때의 추억이라서 이런 말을 하는 것은 아니다. 나는 3학년 1학기를 마치고 대구로 전학을 했다. 그때부터 내 머릿속은 복잡해졌다. 외워야 하는 것도 많아졌고 시험을 볼 때마다 옆 친구와 경쟁을 해야 했고, 시험점수에 따라 선생님 앞에 손을 내밀고 '오늘은 몇 대나 맞을까?' 하는 계산을 해야 했다. 교실과 교무실에는 학부모들이 수시로 찾아오는데 이전에는 보지 못했던 풍경이라 어리둥절해졌다.

아버지는 초등학교 선생님이 되어서 처음으로 발령받은 곳이 이 학교였다. 나고 자란 곳에서 선생님으로 아이들을 가르치게 되었으니 마을 사람들에게는 부러움의 대상이었고 또한 존중을 받는 사람이 되었다. 시골 마을은 씨족사회로 형성되어 있었으므로 아버지는 그러한 대접을 받을수록 더욱 행동과 처신에 조심했다. 우리가 살던 개일에는 남 씨가 대부분이었고, 김 씨, 이 씨, 심 씨가 한 집씩 섞여 있었다. 월매에는 남 씨와 김 씨가 많았고, 눌인에는 박 씨가 대부분이었고, 타성이 몇 가구 섞여 있었다. 비록 타성이라 할지라도 이미 오래전부터 터를 잡고 살아왔었으므로 같은 부족으로 어울려 살았다. 그러니 어느 마을의 사람이라 하더라도 아버지를 대할 때는 존경의 마음을 갖고 대했고, 아버지 역시 다른 사람에게 손가락질받지 않으려고 행동에 많이 주의했다.

집에서는 여전히 농사를 많이 지었고 사람 손이 부족했지만, 농사일은 일꾼들과 할머니, 엄마가 맡아서 했다. 할머니는 아버지에게 '농사일에 손대지 마라'고 말은 하지 않았지만, 암묵적으로 아버지가 논밭에 나오지 않도록 배려를 했다. 평일에는 학교에 가느라 낮 시간은 여유가 없었지만, 주말과 휴일에도 아버지는 농사일에는 거리를 두었다. 할머니 생각에는 선생님으로서의 할 일만 잘하면 된다는 것, 그리고 나름대로 선생님으로서의 위신과 체면을 고려한 조치였다.

학생들 중에는 아버지보다 항렬이 높은 학생도 있었고, 아버지와 나이 차이가 별로 나지 않는 학생도 있었고, 가까운 친척이나 가족 중에서도 아버지에게 배우는 학생이 있었다. 우리와 한집에 살던 큰 아재(당숙), 작은 아재, 형, 누나도 아버지에게 배웠었다. 그때 장난을 치다가 들키거나 야단을 칠 일이 생기면 가까운 친인척일수록 다른 아이들보다 더 심하게 꾸중을 하고 야단을 쳤다. 벌을 줄 때도 더 엄하게 했다. 아마 마을의 어른들이나 다른 사람들에게 좀 더 모범을 보이기 위해 그렇게 했던 것이리라. 다른 아이들도 그런 것을 어느 정도는 눈치채고 있었던 듯하다. 형은 그 시절 세 번이나 아버지가 담임을 맡은 학년에서 공부했는데 친구들이 이런 얘기를 몇 번 했다.

"선생님이 너한테는 벌을 더 엄하게 주는 것 같아."

큰 아재와 작은 아재도 역시 아버지가 담임을 맡은 적이 있었는데 그때도 아버지는 더 엄하게 대했다. 그때는 대가족 생활로 살고 있어서 아재네와 우리는 같은 가족과 같이 일상생활을 했고, 남들이 보기에는 두 집안을 한 가족으로 대했기 때문에 아버지는 그 점에 신경을 썼다.

지난해 윗대 할아버지와 할머니가 계신 산소에 벌초하기 위해 고향 마을을 갔었다. 마을 입구에 들어서는데 멀리 산기슭에 주홍색과 푸른색으로 칠해진 예쁜 집이 보였다. 예전의 학교 건물인데 지금은 노인요양원으로 사용되고 있다. 예쁘게 단장되어 마치 캘린더 속에 있는 알프스의 어느 마을에 있는 집을 보는 듯한 착각에 빠져들었다.

한참을 바라보니 옛 생각이 하나 둘 떠올랐다. 아이들이 있어야 할 교실에는 할아버지와 할머니들이 모여 있을 것이다. 시끌벅적해야 할 운동장에는 적막이 흐르고 있을 것이다. 아버지는 호루라기를 입에 물고 '호르륵 호르륵' 불면서 "야들아, 이제 수업시간이다. 빨리 들어와라" 해야 할 텐데, 아버지도 없고 아이들도 없고, 남은 건 교실 건물과 운동장 그리고 추억뿐이다.

학교에는 학생이 많았다. 집집마다 아이들이 많았다. '둘만 낳아 잘 기르자'라는 구호가 나오기 전이었고, 농사에는 사람 손이 많을수록 더 많은 농사를 지을 수 있으므로 아이는 생기는 대로 낳았다. 비록 가난하지만, 사람은 태어날 때부터 '제 숟가락은 갖고 나온다'는 말을 믿고 생긴 아이를 지우려고 하는 사람은 없었다. 우리 형제는 6남매, 5촌 아재네는 5남매, 4촌 동생네는 4남매, 나의 친구 중에는 11남매인 집도 있다. 가구 수가 적었어도 아이들이 많았기에 학교에 입학하는 아이들은 많았다.

형이 입학하던 해(1956년)는 47~48명의 학생이 있었고, 누나 때 (1959년)는 50명 정도, 내가 입학할 때(1961년)는 52명, 첫째 여동생 때(1963년)는 63~65명, 둘째 여동생 때(1965년)는 무려 92명가량이나 입학을 했다. 둘째 여동생 때가 가장 많았을 것이다. 그때는 학생 이 많아서 두 학급으로 나누어서 오전반, 오후반으로 편성했다. 선생님이 부족하니 오전 한 번에 두 학급을 가르칠 수가 없었다. 그래서 오후반 아이들은 집에서 점심을 먹고 학교에 갔다.

형은 정상연령보다 한 살 일찍 입학했는데 같은 학년에 7~8살 많은 아이도 있었다. 전쟁이 끝난 지 오래 되지 않아서 그 와중 에 학교를 못 간 아이들이 많았다. 몇 살 많은 아이들은 부지기수 였다. 첫째 여동생의 동기 중에도 6~7살 많은 아이가 있었다. 그 애는 왜소증을 가진 아이였는데 당시에는 난쟁이라고 불렸다. 키 도 작고 난쟁이라고 놀림도 받고 하니까 아이를 학교에 보내지 않 고 있다가 너무 늦게 입학을 했다. 학교가 우리 사회에 정말 중요 한 역할을 하고, 사람 사이의 관계를 맺어 주는데도 아주 소중하 다는 걸 그때 알았다.

그 나이 많은 아이는 자연스럽게 여동생 동기들과 친구가 되었 고, 그때까지 난쟁이라고 부르면 화내고 덤벼들던 것이 이제는 오 히려 그걸 장난으로 받아넘길 수 있게 되었다. 다른 아이들도 장 난치기 위해 난쟁이라고 부르는 것 외에는 그렇게 부르지도 않았다. 씨족사회인지라 그 애의 일가친척 중에서도 자기보다 나이가 적은 상급학생들이 수두룩했지만, 그것 역시 가정으로 돌아가면 아무런 문제 없이 질서와 위계를 찾아갔다. 가정과 사회, 조직과 공동체 또는 개인과 단체와 같은 개념에 대한 이해와 인지는 학교에서의 교육과 활동을 통해서 얻는 것이 매우 중요하다.

그렇게 많던 아이들은 하나둘씩 빠져나가기 시작했다. 아이들을 큰 도시로 보내서 가르치려는 부모들이 대구와 부산으로 이사를 하면서 학생 수는 점차 줄어들었다. 뒤에는 학교를 마친 젊은 이들이 공장으로 일하러 간다고 시골을 떠났다. 학생이 없는 학교는 존재할 가치가 없다. 선생님만 우두커니 교실에 앉아 있을 수도 없다. 내 가슴에 아직 동화의 나라로 살아 있고, 아버지가 청춘을 불태우며 아이들을 가르쳤던 그 학교는 사라져 갔다. 마지막 한 학생이 떠나던 날, 1992년 9월 1일 학교는 문을 닫았다.

선생님, 군에 가다

　아버지는 늦은 나이에 육군에 입대했다. 형이 초등학교 3학년이었을 때 아버지는 그 담임을 맡았고, 학년 초 몇 달을 공부하다가 징집통지서를 받고 군에 입대했다. 이미 28살이었는데 당시 함께 소집된 사람 중에서 가장 나이가 많았다. 나이가 8~9살 적은 사람도 많이 있었다.

　아버지는 입대를 연기하기 위해 무척 많은 노력을 했다. 아마할머니는 연기하는 것이 아니라 징집에서 제외되도록 하려는 생각을 가졌던 듯하다. 아버지는 후천적으로 외동아들이 되었는데 할아버지도 일찍 돌아가셨기 때문에 가문의 대를 이을 사람으로서 혹시나 군에 가서 불상사가 생길까 봐 염려하셨던 듯하다. 6.25 전쟁을 몸소 겪으셨고 특히 우리 집에 인민군의 본부가 있었던 탓으로 전쟁 중의 병사들이 어떻게 지내는지, 또는 전쟁으로 인하여 병사들이 죽거나 다치는 걸 눈으로 직접 본 경우가 많아서 더더욱 아버지를 군에 보내고 싶지 않았던 듯하다.

우리 집 마당에 인민군 본부가 있었을 때 할머니는 그 병사들을 위해 디딜방아로 곡식도 찧어 주고 콩이며 옥수수를 볶아 주기도 했다. 그리고 전투가 끝나고 돌아오는 병사 중에 배에 큰 상처가 나서 피를 철철 흘리는 사람도 보았고, 다리가 부러져 절뚝거리며 돌아오는 사람도 보았다.

그들이 마당 한 켠에 드러누워 치료도 제대로 받지 못하고 찢은 옷으로 동여매 흰색의 바르는 약 하나로 견디는 걸 보았다. 물론 죽어서 돌아오지 못하는 사람도 많았다. 이런 경험이 뇌리에 박혀 있으니까 외동아들을 군에 보냈다가 아들을 잃어버리고 조상들에게 죄를 짓지나 않을까 많은 염려를 했다.

아버지에게는 남자 동생이 있었다. 나의 작은 아버지인데, 그분은 15살 무렵에 할머니와 6촌뻘 되는 강원댁 할머니에게 손자 양자로 입적되어 갔다. 보통은 아들로 양자를 가는데 손자로 양자를 간 데는 사유가 있었다.

그 할머니의 며느리인 양동댁 할머니에게는 아들이 하나 있었다. 그 아들은 6.25 전쟁 때 군에 입대해서 전투하던 중에 사망했다. 그 아들이 사망한 후에 딸이 유복자로 태어났다. 이렇듯이 외동아들로 이어가다가 손자 대에 와서 가문의 대가 끊길 상황에 다다르자 작은아버지를 양자로 데려간 것이다. 이렇게 되어서 아버지는 태생적으로는 외동아들이 아니었지만, 후천적으로 외동아들이 되어 버렸다.

'강원댁', '양동댁'과 같이 부르는 이름은 택호라고 하는데, 여자들은 결혼해서 시집을 오게 되면 이름을 부를 수 없게 된다. 혼전에 쓰던 이름을 부르기도 곤란하고, 특히 동네 사람들과 만나고 어울릴 일이 많은데 부를 수 있는 호칭이 없으면 불편한 경우가 많다. 이런 것을 대비해서 택호를 붙여 주었다. 보통 시집의 어른들이 택호를 지어 주는데 친정이 있는 곳의 지명을 따라서 지었다.

할머니는 안덕면 대갯리에서 왔다고 해서 대갯댁, 엄마는 안덕면 명당리에서 왔는데 안포댁으로 지어졌다. 엄마의 경우에는 시집온 후 큰 외할아버지가 안포댁으로 지어서 부르게 했다. 근래에 이르기까지 여자가 시집을 오면 이름을 부르기 곤란하여 '민준이 엄마', '서영이 엄마'라는 식으로 불렀는데 그것에 비하면 고유의 이름을 붙여주고 부르는 택호가 더 격식 있고 품격있는 것 같다.

아버지는 입대 연기를 위해 돈을 많이 썼다. 열 번도 넘게 징집통지서를 받을 때마다 돈으로 해결했다. 당시에는 아직 병무청의 행정이 투명하지 못했던 것으로 생각된다. 다행히 작은 할아버지가 면사무소에서 면서기를 담당하고 있었으므로 그 일은 작은할아버지가 책임을 떠맡았다. 면사무소의 병무계 직원을 통해서 병무청 담당자를 만나고 그때마다 돈을 전달해야 했다. 고개 넘어 뒷마을에 사시는 장동댁 할아버지는 엄마에게 이렇게 말하곤 했다.

"그 사람은 지가 월급을 받아서 그 돈으로 해결했으니 말이지 그렇지 않았으면 논 몇 마지기를 팔았을 거다."

농촌에서 논은 재산목록 1호였다. 시골에서 가진 재산 중에서 가장 값나가는 것이 논이었는데 그걸 몇 마지기 팔아야 했을 정도이니 많은 돈이었다. 농촌에서 돈을 장만하기는 쉽지 않았다. 먹을 양식도 풍족한 것은 아니었지만 그래도 곡식과 채소와 나물은 열심히 논밭을 가꾸고 산과 들의 나물을 부지런히 뜯으면 먹는 것은 해결할 수 있었다. 그렇지만 현금을 만드는 것은 가을철 수확기에나 가능한 일이었다. 그러니 아버지가 갖다 바치는 돈은 농촌 살림에 있어서는 큰돈이었다. 실제 엄마의 기억에도 월급 받은 것을 거의 전부 그 일에 쏟아붓는 것 같은 느낌을 받았다. 그렇게 했었어도 결국은 입대를 피하지 못하고 군에 갔었다. 그럴 바에는 좀 더 일찍 입대해서 같은 나이 또래와 같이 생활했었으면 좋았을 텐데 늦은 나이에 어린 애들과 함께 훈련받느라 고생을 많이 했다.

예나 지금이나 부모의 마음은 변하지 않나 보다. 조금이라도 자식을 고생 덜 시키고 남보다 편하게 살아갈 수 있게끔 있는 돈, 없는 돈 마련해서 갖다 바치고 그렇게 하나 보다. 그렇지만 가문의 대를 이어야 한다는 강박관념에는 많은 변화가 오고 있다. 굳이 아들이 아니고 딸도 이을 수 있다는 변화가 일고 있고, 딸조차 없어도 살아 있는 사람만 행복하게 살아갈 수 있으면 그것으로 충분하다는 생각조차 많이 늘고 있다.

아버지가 입대하는 날 형은 평소처럼 학교에 갔다. 담임선생님이 군에 가는 줄도 모르고 공부하러 학교에 갔다. 나는 분명 집에 있었을 텐데 너무 어려서일까 그 날의 기억이 전혀 없다.

엄마는 아버지를 따라 소집장소로 갔다. 그 날 징집대상자들이 모이는 곳은 도평 장터였다. 집에서 십 리나 떨어진 곳이고 빠른 걸음으로 걸어도 40분은 족히 걸린다. 집을 나와 마을 어귀를 돌아서 냇가를 따라 내려오니 갯들이 나타났다. 6~7년 전 그곳에서 국군과 인민군은 치열한 전투를 벌였다. 그 주위에서는 가장 사상자가 많이 난 전장이었고 밤이면 인민군, 낮에는 국군이 주인을 자처하던 땅이었다. 마지막 전투가 끝나고 패배한 인민군은 허겁지겁 퇴각하느라 동료들의 시신도 제대로 처리하지 못한 채 물러갔다. 그때 아직도 숨이 끊어지지 않은 병사들의 신음이 들렸던 곳이다. 화약 냄새, 사람의 살갗에서 나오는 비린내가 오랜 세월에도 지워지지 않고 바람결에 날리는 것 같은 착각을 느꼈다.

엄마의 기억창고에서 그때의 기억은 절대 지워지지 않는다. 엄마에게 영원히 지워지지 않을 기억에는 두 가지가 있다. 일제시대에 대구로 끌려가서 공장에서 일한 것, 그리고 6.25 전쟁 때 피난을 다니고 국군과 인민군의 전투에서 죽거나 부상당한 병사들이 우리 집 마당에서 드러누워 치료한 것, 이 사실은 직접 눈으로 보고 몸으로 체험한 것이기에 65년, 70년이 지난 지금도 생생하게 기억하고 있다. 지금 아버지는 그때 보았던 군인이 되기 위해 길을 떠나고 있고, 그때 병사들이 죽어 나자빠져 있던 전장을 지나고 있다. 엄마의 망막에 그런 상황과 아버지의 윤곽이 함께 겹쳐져 보이는 것은 어쩌면 당연할지도 모른다. 그곳은 풍광이 좋은 자리다. 진두들과 능남, 고무실의 세 마을로 갈라지는 교차로이고, 넓은 갯벌에는 작은 조약돌이 펼쳐져 있고, 개울 건너에는 푸른 숲의 산기슭이 이어져 있어 자연을 음미하고 삶의 여유를 찾기에는 더없이 좋은 곳이다. 그 아름다운 곳에서 죽음의 놀이가 가장 치열하게 전개되었다. 삶과 죽음은 이렇게 가까이 있다. 삶과 죽음은 사실은 가장 친한 친구이다. 인간은 항상 그 두 친구 사이에서 누구를 택할까 고민하다가 삶의 길을 택하기도 하고, 죽음의 길을 택하기도 한다. 그래서 아름다운 삶의 현장에는 항상 죽음의 그림자도 하늘거린다.

엄마는 그곳에서 군복을 입고 국군의 모습을 한 아버지를 떠올렸다. 총을 메고 뛰어가고 화염 속으로 사라져 버리기도 했다. 어느 순간 피를 흘리고 쓰러진 인민군의 애타는 눈빛도 보았다. 아버지는 어느 쪽일까? 건강하게 무사히 살아서 돌아올까?

마을은 냇가에 붙어서 옹기종기 모여 있고 길은 냇길을 따라서 이어진다. 만수정을 지나 도평 장터까지 한참을 걸어가야 한다. 그 사이 아버지와 엄마는 무슨 얘기를 나누었을까?

"엄마, 그때 어떤 얘기를 했어요?"

"아무 말도 않았어."

"아버지가 제대할 때까지 고생스럽더라도 참고 애들 잘 키우라는 말도 안 했어요?"

"그냥 걸어갔다. 한마디도 않은 것 같아."

나는 아버지와 엄마가 걸어가는 모습이 상상된다. 아버지는 앞 장서서 걸어가고 엄마는 몇 발자국 뒤에서 따라간다. 이게 아버지 스타일이다. 아버지는 애정을 표현하는 법을 모른다. 정감 어린 말을 건넬 줄을 모른다. 너무 어려서부터 유교적인 교육을 받아서 '남아일언 중천금'만 외웠던 것일까? 일단 집에 들어오면 돌부처나 다름없다. 그렇지만 밖에 나가서는 꼭 그런 것은 아니다. 학교에서는 아이들과 장난도 치고 농담도 던진다. 바깥활동에서 만나는 사람들과도 얘기를 잘한다. 그런 걸 보면 말을 할 줄 몰라서 그런 건 아닐 것 같다. 관념의 문제, 습관의 문제가 아니었을까?

도평 장터에는 많은 사람이 모였다. 군에 가는 사람들과 배웅하는 사람들로 북적였다. 간혹 울고 있는 사람도 있었고, 잘 가라고 손 흔드는 사람도 있었다. 모두 먹고살기 급급했던 때인지라 김밥이나 삶은 달걀 또는 과자 같은 먹을 것을 가져온 사람은 없었다. 한참 지나 짐차가 여러 대 와서 징집자들을 태워서 논산훈련소로 싣고 갔다. 갈 사람은 가고 남을 사람은 남았지만 그때도 역시 말은 없었다. 그저 눈으로만 바라보고, 눈으로 가슴 속 얘기를 나눈 것으로 끝이었다.

군대생활 중 편지도 몇 번 왔고, 휴가는 두 번 나왔다. 그중 한번은 그다음 해 추석 전날에 휴가를 왔었다. 추석날은 증조할머니의 제사가 있는 날이다. 증조할머니는 추석날에 돌아가셔서 추석 음식으로 제사상을 차리니까 항상 먹을 음식은 풍성했다. 아버지는 가능한 한 그 날에 맞춰서 추석도 지내고 장자로서 제사도 모시고 싶었다. 그렇지만 그 날은 그렇게 편안하지 못했다. 그때까지 우리나라에서 기상 관측을 한 이래로 가장 강력한 태풍이 몰아닥쳤다.

1959년 9월 17일 사라호 태풍은 경상남북도를 관통하며 무서운 바람과 엄청난 비로 땅과 땅 위에 솟아난 많은 것을 쓸어갔다. 마을 앞을 흐르는 개울은 넘쳐났고 개울과 길을 갈라주는 둔덕은 물줄기에 휩쓸려 떠내려가 버렸고 논밭도 쓸려 가버려 형체도 없어진 곳이 많았다. 비는 추석날 하루종일 내렸다. 마당이고 길이고 어디든지 빗물로 첨벙거렸다. 다행히 집안으로 물이 들어오지는 않았다. 우리 집은 축담이 높아서 엄마는 평소에 방으로 들어가려면 다리를 높이 들어서 올라서야만 했는데 그걸 늘 불편하게 생각하고 있었다. 그런데 그 높은 축담 덕택에 그렇게 많은 비가 쏟아졌어도 집안으로 물이 들어오지 않았다. 그 태풍이 지나간 이후로 엄마는 축담 높은 것에 대한 불만을 하지 않게 되었다. 음식 장만할 물과 마실 물을 길어오려면 개울로 가야 하는데 개울둑은 무너지고 장대비는 그칠 줄을 몰랐다. 그래서 지붕 기왓장의 골 따라 처마로 떨어지는 빗물을 받아 사용했다.

아버지의 군대생활은 일 년 반가량에서 끝이 났다. 입대할 때는 연기하려고 무척 공을 들였지만 제대할 때는 힘들이지 않고 저절로 해결되었다. 늦은 나이에 입대한 데다 외동아들이란게 적용되었는지 집에서도 모르는 사이에 의가사제대가 결정되었다.

선생님의 역할

'배운다'와 '깨닫는다'는 말의 뉘앙스는 어떻게 다를까? 무엇을 배우기 위해서는 가르쳐주는 사람이 있어야 한다. 깨닫는 것은 사물의 이치나 자연현상의 변화나 꽃과 나무가 살아나고 시들어지는 것과 같은 생명의 흐름에 대해 스스로 관찰하면서 알아채는 것이다.

사람은 태어난 순간부터 살아갈 사회에 적응하기 위해 끊임없이 배우고 깨달아가는 과정이 필요하다. 학교에 가고 책을 읽고 선생님에게서 자기가 모르는 것에 대해 배워 나간다. 그런데 '배운다'는 말에는 배운 것을 잊지 않기 위해 '외워야 한다'는 개념이 함축되어 있다. 배운 것을 외우기 위해 머리를 싸매야 하고 스트레스를 받아야 하고 공부가 싫어지는 현상이 나타난다.

깨닫는 것은 자기 스스로 하는 것이다. 아침에 눈을 뜨면 햇빛이 나뭇잎 사이로 새어들고, 개울에서 올챙이를 잡고, 흙으로 집을 짓고, 냇가에서 물놀이하며 발가락을 간지르는 미꾸라지를 보고, 이런 일상생활에서 하나씩 느끼는 것이다.

그래서 배워서 알게 되는 것보다는 깨달아서 알게 되는 것이 더 오래가고 더 유용하게 쓰인다. 외우려고 기를 쓰지 않아도 몸과 마음이 체험적으로 알게 되니 스트레스받을 일도 없고 즐겁게 놀아 가면서도 저절로 몸에 밴다.

산과 들이 어우러진 시골에 사는 아이들에게는 주변에 널려 있는 모든 것이 학습의 현장이다. 고향 마을에 있는 학교는 산기슭에 세워져 있었다. 왼쪽은 산으로 이어져 바람이 불면 풀잎과 나뭇잎이 서로 비벼대며 내는 소리가 교실 안에서도 훤히 들린다. 오른쪽은 밭으로 이어져 봄이면 씨 뿌리고 여름부터 감자도 캐고 참깨도 터는 어른들의 모습을 자연스레 볼 수 있다.

앞으로는 냇물이 흐른다. 냇물은 맑아 물속에 놀고 있는 피라미가 길 위에 서서 내려다보아도 지느러미가 흔들리는 것까지 깨끗하게 보인다.

체육 시간에는 별도로 기구를 준비할 필요도 없다. 선생님은 아이들을 데리고 그 냇가로 간다. 그 자리에서 옷을 훌렁훌렁 벗고 물속으로 들어가 수영을 한다. 그곳 아이들은 물을 두려워하지 않았다. 어려서부터 물장구치고 돌멩이 줍고 하면서 저절로 헤엄치는 것을 배웠다. 형과 누나도 이렇게 저절로 헤엄을 터득했고, 두 여동생도 스스로 헤엄치는 것을 깨달았다.

그런데 불행스럽게도 나는 헤엄치는 것을 터득하지 못했다. 너무 어렸을 때 대구로 전학을 가버린 탓에 헤엄을 배울 기회를 놓쳤다. 그때 나의 학년도 그 냇가에 수영하러 갔는데 반 정도는 헤엄을 칠 줄 알았고, 반 정도는 헤엄을 못 치고 바닥에 손 짚고 물장구만 쳤었다. 한 해만 더 있다가 대구로 나왔더라면 나도 헤엄을 터득해서 골 안에 있는 못을 가로지를 만큼 실력을 갖추었을 텐데 나는 그게 못내 아쉬웠다.

　아버지는 문화생활을 위한 투자에는 과감한 면이 있었다. 문명이 발전해 나가는 걸 그냥 보고만 있기보다는 실제로 사용해 보고 그 편리성을 실감해 보고 싶었다. 산골에 사는 대부분의 사람은 그런 면에 대해서는 크게 관심이 없었고, 또한 그런 것에 대해 크게 필요성도 느끼지 않았다. 사방 천지에 펼쳐진 산과 들이 시시각각 변하고, 철마다 다른 색깔의 옷으로 갈아입고, 그 속에서 살아가는 사람들이 자라고 변해가는 모습과 풍광을 눈으로 보고 귀로 듣고 가슴으로 느끼는 것만으로도 충분하다고 생각했었다.
　아버지는 그런 변화하는 순간의 모습, 아름다웠던 순간의 모습을 오래오래 간직하고 싶은 욕망이 있었다. 그래서 당시로써는 거금을 주고 일본산 캐논 사진기를 샀다. 우리 마을뿐만 아니라 면 소재지인 도평에서도 그런 사진기를 가진 사람은 없었다. 그 사진기를 사려고 멀리 대구까지 갔다 오셨다. 아버지는 하고 싶은 것, 갖고 싶은 것이 있으면 거리낌 없이 실행에 옮겼다. 할머니도 엄마도 그걸 말리지 않았다. '말리지 못했다'는 표현은 어쩐지 합당하지 않은 듯하다. 애초부터 아버지가 하고자 하는 것에 대해서 할머니나 엄마는 제동을 걸거나 반대 의사를 제기한 적이 없었기 때문이다.

그 사진기는 사진을 찍으려면 렌즈를 앞으로 튀어나오게 해야 했다. 버튼을 누르면 렌즈가 튀어나오면서 렌즈와 기체를 연결하는 검은 막이 펴졌다. 아주 오래된 모델이겠지만 사진기의 모양도 상당히 멋스러웠다. 아직 컬러 사진기가 나오기 전이라 흑백으로만 볼 수 있었지만, 아버지는 그 사진기를 애지중지하면서 사진을 많이도 찍었다. 우리 가족은 물론이고 일가친척들의 얼굴도 많이 찍었다. 우리 집에는 예전 아버지가 찍은 사진들이 두툼한 앨범 속에 빼곡히 꽂혀 있었다. 나의 부끄러운 사진도 그 속에 있었다. 서너 살쯤 되었을까 발가벗고 나무판자를 머리에 이고 있는 사진이었다.

앨범을 볼 때마다 그 사진을 빼버리고 싶었지만 어른들 앞에서 그 말을 끄집어낼 수는 없었다. 그저 태연한 척했을 뿐이었다. 나뿐만이 아니었다. 형의 사진도 있었고, 가족과 친척의 사진들이 역사의 기록처럼 나열되어 있었다.

사진기가 잘 없던 시절이라 사진을 찍어도 현상해 줄 곳도 없었다. 그래서 아버지는 현상을 직접 했다. 사랑방 안쪽에 미닫이 문이 있고 그 안에 골방이 있었는데 그곳을 현상실로 사용했다. 사진기에서 필름을 끄집어내어 현상액에 담가야 하는데, 이때 빛이 들어가면 사진이 제대로 나오지 않고 흐릿하게 되거나 흑백의 조화에서 검은색은 없어지고 흰색만 남게 된다.

그러니 현상을 할 때 미닫이문을 꼭 닫고 골방 안에서 또 이불을 뒤집어쓰고 그 일을 했다. 엄마도 현상할 때는 한 번도 들어가 보지 못했다. 그런데 형은 몇 번 들어가 보았다. 장남에 대한 애정의 표현이었을까. 아무도 못 들어오는 곳에 형만 몇 번 들어오도록 허락했으니. 현상액에서 끄집어내면 문을 열어도 되고 빛을 봐도 괜찮았다. 사진으로 완성된 것이다.

아버지는 이 사진기를 학생들을 위해 아주 유용하게 사용했다. 졸업식 날에 단체 사진을 이 사진기로 찍어 주었다. 시골에 사진사가 있을 리도 없고 그렇지만 정들었던 친구들과 헤어지는데 기념물이 없어서는 너무 서운하지 않은가.

그 학교에서는 거의 모든 학생이 6년간 같이 공부했다. 정든 친구, 정든 교실, 정든 선생님과 헤어지는 게 너무 서운해서 졸업식 때 송별가를 부를 때는 훌쩍이며 우는 아이들이 많았다. 그것으로도 이별의 정을 다 나누지 못한 아이들은 몇몇이 모여서 우리 집으로 놀러 왔다. 우리 가족 중에 누구도 졸업반에 같이 섞여 있지 않았지만, 아이들은 선생님 집이라는 이유로 우리 집에 와서 놀았다. 모여서 교가도 부르고 개울가며 산에도 뛰어다녔다. 가까운 곳에서 온 아이들은 그 날 집으로 돌아갔지만 멀리 월매나 눌인에서 온 아이들은 하루 이틀씩 머물러 있기도 했다.

그때만 하더라도 시골인심은 훈훈하고 따뜻했다. 내 아이 네 아이 할 것 없이 아이들이 오면 다 같은 자식들처럼 챙겨 주었다. 밥 해주고 잠재워 주고 하는 게 귀찮을 법도 하지만 엄마든 아버지든 그걸 귀찮게 생각하지 않았다.

우리 집으로 놀러 온 이유는 또 하나 더 있었다. 당시 집이 대개 초가집이었는데 그러다 보니 집이 너무 협소했다. 초가집은 보통 방 두 개와 부엌이 딸려 있었는데 대청마루가 없었다. 마당도 그리 넓지 못했다. 그래서 아이들이 몇 명씩 떠들고 놀만한한 공간이 부족했다. 우리 집은 기와집이었는데 아래채와 합하면 방이 네 개였고, 커다란 대청마루가 있었고, 대청 앞과 사랑방 옆에는 기다란 툇마루가 연결되어 있었다. 아이들이 여러 명 몰려와도 자리가 부족하지 않았다. 이런 이유로 친구들끼리 하는 졸업 파티를 우리 집에서 했다.

아버지가 아이들을 사귀는 데는 나름대로 방식이 있었다. 집에서는 말도 없고 크게 웃지도 않았지만, 학교에서 아이들을 대할 때는 가끔 장난스러운 말도 던지고 아이들이 대답할 수 있는 질문을 던지곤 했다. 특히 중요한 건 빙그레 웃을 때 눈이 먼저 웃는 것이었다. 고향에 있는 학교에 다닐 때는 나는 너무 어려서 학교에서의 아버지 모습은 거의 기억에 없다. 나중에 대구에 나와서 역시 같은 학교에서 아버지와 나는 선생님과 학생으로 다녔는데 그때 본 아버지의 모습은 많이 남아 있다. 내가 5학년이었을 때 아버지는 3학년 담임이었는데 뜻밖에 아버지가 아이들과 잘 어울린다는 걸 알았다. 그때 본 것이 아버지의 눈웃음이었다.

말을 하지 않더라도 빙그레 웃으면서 눈도 같이 웃어주면 아이들은 친근감을 느끼고 편안하게 여기는 것 같았다. 입으로만 웃고 눈이 웃지 않는 것과는 엄청난 차이가 난다. 이것이 아버지가 아이들과 친해지는 방식이었다. 게다가 졸업식 기념사진까지 찍어 주었으니 아이들은 스스럼없이 우리 집에 와서 졸업파티까지 하고 돌아갔다.

지난달 초등학교 시절의 친구의 누나와 전화통화를 했다. 그 친구는 고향의 학교에서 같이 다니다가 내가 대구로 전학한 다음 해에 그도 대구의 같은 학교로 전학 와서 같이 다녔다. 그러니까 초등학교 입학과 졸업을 같이 한 유일한 친구였다. 몇 년 전부터 그 친구와 연락을 하려고 여러 번 시도했지만, 연락이 닿지 않았다. 소문에 사업에 여러 번 실패하고 그로 인해 가정불화도 생기고 해서 모든 사람과 연락을 끊고 산다는 말이 들렸다. 그러던 차에 그 누나와 연락이 닿았다. 그녀는 올해 칠순인데 아버지의 제자이다. 아버지를 가장 좋아하는 선생님으로 생각한다는 그녀는 전화를 받자 너무나 반갑게 인사를 했다.

아버지는 그녀의 결혼식에도 참석했다. 그 후 그녀는 우리 집에도 놀러 왔었다. 엄마와 나의 누나도 그녀를 잘 알고, 아버지로 인해 우리는 아주 친한 사이가 됐었다. 그 뒤 그녀는 경기도로 이사를 하였고 우리도 아버지의 사업실패로 이사를 여러 번 했었다. 그러다 연락이 끊겼는데 이제 거의 사십 년 만에 내가 다시 전화한 것이다.

그녀는 아버지의 죽음을 소문으로 듣고 알고 있었다. 너무 일찍 돌아가셨다며 애통해 했다. 아버지에게 배워서 그 초등학교를 졸업했고, 아버지를 따라와서 대구의 초등학교에서 매점 일을 보았고, 나와 내 친구가 졸업할 때 유일하게 축하해 주러 와서 기념사진을 같이 찍어 준 사람이었는데, 그녀는 엄마의 안부를 묻고 꼭 다시 한 번 보고 싶다는 말을 했다.

주왕산 유람

내가 서너 살이었을 때 아버지는 26~7세였다. 그 시절의 내 모습과 아버지의 얼굴에 대한 기억은 내 머리에 입력되어 있지 않다. 젊은 시절의 아버지는 어떤 생각을 하고 있었는지, 가르치는 학생들에 대해서 어떠한 마음가짐을 가졌었는지, 엄마와 우리 가족의 보살핌에 대해서는 어느 정도의 관심을 가졌었는지 궁금하다.

내 기억 속에 있는 장면과 영상이 없으니 나의 지나온 젊은 시절을 유추해서 아버지의 생각 속을 들여다볼 수밖에 없다.

아버지는 이때 교사로 발령을 받은 지 5~6년이 되었다. 아버지는 학생들을 가르치는 것에 대해 많은 보람을 느끼고 있었고, '아이들도 즐겁게, 나도 즐겁게'라는 철학을 갖고 있었다. 스스로 젊음을 자신하고 있었기에 일에 대한 열정과 패기를 갖고 있었다. 아이들을 가르치는 것을 통해 자신의 꿈을 키워 보겠다는 이상도 갖고 있었다. 더구나 아이들은 모두 동네의 일원이고 오래전부터 잘 알고 지내는 친인척 또는 지인들의 자식들이 아닌가. 동네의 모든 어른들은 자식을 아버지에게 맡기고 일체 학업에 관해서 또는 학교의 처분에 대해서 신경을 쓰지 않았다. 아이가 학교에 입학한 후에는 졸업할 때까지 한 번도 학교에 오지 않는 부모가 대다수였다. 아이의 교육은 학교 선생님이 알아서 잘해 줄 것이라는 믿음이 있었다. 농사일에 바빠서 신경 쓸 틈도 없었지만, 동네에서 대대로 같이 살아온 가족과 같은 사람이 선생님을 맡고 있으니 전혀 염려할 필요가 없다고 생각을 한 듯하다. 이런 상황이 오히려 아버지에게 아이들이 학교에 다닐 동안 더 멋지게 학교생활을 할 수 있도록 계획을 꾸미도록 만들었다.

아버지는 젊었던 만큼 기존의 격식에 크게 제약을 받지 않았다. 자신과 아이들의 꿈에 맞다면 실행에 옮겼다. 관행에 의지하기보다는 필요하다고 판단되고 아이의 교육에 도움이 되리라는 생각이 들면 바로 행동으로 옮겼다.

나는 아주 이른 나이에 주왕산 유람을 다녀왔다. 서너 살 때. 주왕산은 예전부터 산세가 아름답고 바위와 물이 기괴하게 어울려 그 근방에서 이름을 날렸다. 누구나 한 번쯤은 다녀와야 청송에 산다고 말할 수 있었다. 청송의 명물이라면 주왕산과 고추를 빼면 말할 게 없었다. 그렇지만 교통이 지금처럼 수월하지 않고 농사일이 바빠서 가보지 못 한 사람도 많았다.

아버지는 아이들의 소풍을 주왕산으로 데리고 가기로 마음을 먹었다. 보통 소풍은 가까운 곳으로 갔다. 월매를 지나서 보현산 계곡으로 가든지 눌인 방향으로 가서 자치산자락으로 가던지 저학년이라면 만수 정자 아래의 개울가로 갔었는데 주왕산이라면 멀었다. 소풍이라기보다는 수학여행을 가는 것에 가까웠다. 주왕산은 우리 마을에서 칠팔십 리 정도 떨어져 있는데 면 소재지인 도평까지 십리 길을 걸어가서 그곳에서 버스를 타고 가야 했다. 아침 일찍 출발해서 저녁 늦을 무렵에야 돌아왔다.

　엄마는 도시락을 쌌다. 산골에서 채소는 풍성하지만 김은 귀했다. 그래서 김밥은 싸지 못하고 그릇에 밥을 담고 반찬을 담아서 보자기로 쌌다. 유람을 가는데 엄마도 빠질 수 없었다. 엄마와 나, 작은할머니와 작은 아재도 함께 갔다. 작은 아재는 그때 학생으로 당연히 소풍대상이었다.

　아버지에게는 소풍이었지만 엄마와 나에게는 즐거운 유람이었다. 엄마도 말로만 들었지 직접 주왕산을 가보는 건 이것이 처음이었다. 신혼여행도 없이 아버지와 결혼해서 각각의 고향에서만 살아왔는데 주왕산을 간다는데 신이 났다. 청송을 살아도 주왕산을 보지 못하면 반쪽 청송사람인데 이제 온쪽 청송사람으로 인정받는 것이다. 이날 다른 부모들도 많이 동행했다.

　보통 아이들의 소풍 때 부모들이 함께 가는 경우는 드물었다. 간혹 한두 사람 따라가기도 하고 특히 농사일이 덜 바쁜 할머니들이 따라가는 경우가 있었다. 그렇지만 이날은 주왕산에 가는 만큼 많은 부모들이 따라갔다. 아마 아버지는 미리 부모들의 의견도 듣고 부모와 아이가 함께 좋아하는 곳으로 장소를 정한 듯했다. 비록 아이들에게는 멀기도 하고 하루종일 다니려면 힘이 들기도 하겠지만 많은 부모들이 옆에서 지켜주니까 마음 한편으로는 안심되었을 것이다.

주왕산은 작은 금강산으로 불릴 만큼 빼어난 경치를 간직하고 있다. 바위와 암벽은 기묘하고 웅장하게 자리를 잡고 있고, 계곡과 나무는 아름다운 조화를 이루고 있고, 계곡 사이를 흐르는 물은 청정수라 할 만하다. 엄마는 그 아름다운 경치를 보기 위해 나를 업고 하루종일 다녔다. 아버지는 아이들을 인솔하느라 저 앞서 걸어가고 뒤돌아보지도 않았다. 다행히도 엄마는 그 정도의 산길, 그만큼의 힘겨운 정도는 아무렇지도 않게 여길 만큼의 강인한 정신과 체력은 갖고 있었다. 나는 엄마의 등에서 행복하게 등산을 하며 산의 정기를 받아들였다.

엄마는 주왕굴을 보고 온 것을 가장 인상 깊게 얘기했다. 주왕굴은 암벽 중간쯤에 있는데 그곳을 오르려면 철사로 된 외줄을 타고 올라야 했다. 이곳까지 와서 주왕굴을 보지 않고 갈 수는 없지 않은가. 엄마는 과감하게 나를 등에 업고 그 외줄을 타고 올라가 주왕굴을 관람했다. 주왕산에는 주왕에 얽힌 이야기가 있는 곳이 여러 군데 있다. 주왕이 신라의 마장군과 전쟁을 치르고 승리를 알리기 위해 깃발을 꽂았다는 기암, 주왕의 아들과 딸이 달구경을 한 곳이라는 망월대가 있다.

주왕굴에 오르기 전에 있는 대전사는 조선 시대의 사명대사 유정이 임진왜란 때 왜군을 물리치기 위해 승군을 훈련한 곳으로 알려졌다. 이 외에도 계곡 양쪽으로는 바위들이 저마다의 독특한 모양새로 줄지어 늘어서 있고 숲과 나무는 빈틈없이 빽곡히 자라고 있어서 한여름에도 한기를 느낄 만큼 시원하고 청량한 공기를 선물해 준다.

아주 훗날 내가 철이 들고 난 후에 엄마는 주왕굴의 전설을 얘기해 주었다. 옛날 중국에 주왕이 살았는데 전쟁을 일으켜 쫓기는 신세가 되었다. 중국에서 우리나라까지 쫓겨와서 또다시 신라의 땅이었던 이곳까지 오게 되어 주왕산의 깊은 굴속에 숨어 지냈다. 그는 어느 날 굴속에서 밥을 지어 먹으려고 쌀을 씻었는데 깜빡 잊어버리고 쌀뜨물을 계곡 물에 그대로 부어 버렸다. 그를 찾으려고 뒤쫓던 병사들이 그 쌀뜨물이 흘러오는 것을 보고 그를 찾아내어 결국 죽임을 당했다는 전설이었다. 그 뒤로 그 굴을 주왕 굴이라 부르고 산 이름 역시 주왕산이라 부르게 되었다는 것이다.

주왕굴을 지나 폭포를 향해 가면 외나무다리가 있었다. 그 외나무다리를 건널 때도 엄마는 나를 업고 건넜다. 홀몸으로 건너도 아찔할 텐데 엄마는 용기가 대단했다고 해야 할까, 겁이 없었다고 해야 할까, 어쨌든 그렇게 보아야 할 곳은 빠짐없이 다 보고 저녁 늦게서야 집으로 돌아왔다.

나는 군대 입영을 위한 신체검사를 받기 위해 스무 살이 넘어 청송읍에 가게 되었다. 그곳에 간 이상 이십 년 만에 다시 주왕산을 가보고 싶었다. 엄마와 아버지와 함께 갔던 곳을 둘러보고 싶었다. 내가 서너 살이었을 때 엄마의 등에 업혀 편안하게 조망했던 아름다운 경치를 내 몸에 중력을 느끼며, 내 몸에서 흐르는 땀의 온기를 느끼며, 내 머리로 사유하고 깨달으며, 아버지와 엄마가 누렸던 즐거웠던 시간을 되돌려보고 싶었다.

그 옛날 있었던 외줄은 없어지고 외나무다리도 보이지 않았다. 외줄이 있었던 자리에는 철제계단이 세워져 있어 많은 사람이 다니기 편하게 되었고, 외나무다리는 흔적을 찾기 어려웠다. 내가 엄마에게 듣고 간직해 왔던 즐거웠던 추억들은 하나둘씩 사라져 버렸다.

지금 주왕굴 앞에는 국립공원관리소에서 세워둔 안내판이 있다. '주왕이 마장군의 공격을 피하여 이곳에 은거하던 어느 날, 굴 입구에 떨어지는 물로 세수하다 마장군 일행에 발각되어 마장군의 군사가 쏜 화살에 맞아 주왕의 웅대한 이상을 이루지 못하고 애절하게 죽었다는 전설'이 있는 곳이라고 적혀 있다.

나는 그 글을 읽고 쓴웃음을 지었다. 그 글보다는 엄마의 전설 이야기가 더 수긍이 갔다. 그리고 더 설득력이 있고 더 애절한 마음이 가슴에 와 닿았다. 숨어 사는 사람이 굴속에 숨어서 밥을 짓다 물을 흘려보내는 상황은 있을 수 있지만 숨어 사는 사람이 굴 밖에 번듯이 서서 세수를 한다는 상황은 받아들여지지 않았다.

아버지가 학생들과 나와 엄마에게 보여주고 싶었던 곳, 그리고 엄마가 사랑했던 곳, 그 사랑했던 곳의 전설을 한 자도 잊어버리지 않고 끝까지 외워 두었다가 훗날 나에게 다시 들려주었던 전설, 그 모든 것을 나는 있는 그대로 기억하고 싶다.

누군가 더 정확한 자료라며 또 다른 이야기를 적어 놓을지라도 나는 그것을 받아들일 생각이 추호도 없다.

아버지는 이미 하늘나라로 가셨고 엄마는 벌써 여든여섯, 그래도 생각은 말짱하고 옛날 체험으로 느꼈던 일들을 고스란히 기억하고 있다. 엄마의 이야기에는 스토리가 있어 재미가 있고 그 속에는 엄마만의 다른 세상이 있는 것 같아서 좋다. 엄마는 그 다른 세상을 이야기를 통해 나에게 전달해 주었다. 그렇지만 이제 엄마는 몸이 말을 잘 안 듣는다. 그 옛날 나를 등에 업고 외줄을 타고 주왕굴을 오르던 강인했던 정신력과 체력은 다 어디로 가버렸나. 세월은 지난 일들을 아름답게 포장해 주는 대신에 젊었던 청춘의 시간을 거두어 가버리는 것 같다.

선생님은 동네 스타

요즘은 스마트폰이 생활필수품이 된 것 같다. 아직 글자도 모르고 말도 제대로 못 하는 꼬맹이도 애니메이션 영화를 보며 손짓 발짓을 따라 한다. 학생들은 화면을 바라보며 게임에 빠져들어 있고, 어른들은 연속극을 보느라 무아지경이다. 아이나 노인이나 모두가 스마트폰을 가지고 있는 시대에 그것을 가지고 있지 않은 사람은 미개인 취급을 받는다. 나는 가끔 친구들로부터 미개인이라는 장난스러운 칭호를 듣는다. 이 첨단 시대에 나는 아주 오래된 휴대폰을 사용하고 있다. 전화를 주고받을 수 있고 가끔 문자로 소식을 교환할 수 있는 휴대폰, 그걸로 충분하다.

옆집에서 무슨 음식을 시켜 먹는지 알아야 하고, 미국에서 몇 사람이 총에 맞아 죽었는지 알아야 하고, 아테네의 파르테논 신전에 여행을 갈 수 있는지 알아야 마음이 풀리는 그런 사람들이 보기에는 나는 구석기 시대에 어울리는 미개인이나 다름없다.

어느 날 갑자기 스마트폰이 없어져 버리면 어떤 일이 일어날까? 스마트폰 소리를 듣고 잠을 깨는 사람들은 늦잠을 자고, 그놈이 알려주는 길을 따라 차를 운전하던 사람은 길을 못 찾아 헤매고 있고, 그놈이 찾아주는 맛집에서 밥을 시켜 먹던 사람은 배를 곯고 있을까?

그놈의 필요성을 별로 모르는 나에게는 해당하지 않는 사항이다. 없어야 편하고, 가지지 않아야 구속되지 않고, 많은 뉴스가 들리지 말아야 자유로운 삶을 누릴 수 있는 사람에게는 없는 것이 더 좋다.

1960년 무렵 우리가 살던 산골에는 아무것도 없었다. 불과 50여 년 전이었지만 전화도, 라디오도, TV도 없었다. 수만 리밖에는 어떤 얼굴의 사람이 살고 있는지도 잘 모르던 때에 손바닥 안에서 그 사람들이 놀고 뛰고 있는 모습을 보리라고는 상상도 하지 못했다.

세상이 어떻게 돌아가고 있는지에 대해 그리 안달복달하지도 않았고, 동영상으로 나타나는 게임이 없어도 여가시간을 보내는 데 크게 지장을 받지 않았다. 살아가는 방식이 지금과는 많이 달랐다. 마음의 안식이 필요할 때는 냇가의 나무그늘에 앉아 물소리를 듣고, 새소리를 들으며 심신을 가라앉혔다. 여럿이 모여 즐거운 시간을 보내고 싶으면 냇물에서 미꾸라지도 잡고 피라미도 잡아서 매운탕을 끓이면 그만이었다.

시간을 좀 더 느리게 보내고 삶을 좀 덜 바쁘게 살고 바깥세상의 소식을 덜 듣고 살면 크게 아쉬울 것도 없었다.

그러한 시절에 아버지의 생각은 좀 달랐다. 세상의 소식을 듣고 싶었다. 세상이 어떻게 변해가고 있는지 알고 싶었다. 기계의 발전과 문화의 흐름을 느끼고 싶었다. 이러한 생각을 하게 된 데에는 남보다 공부를 좀 더 했고 책을 좀 더 많이 읽었고, 그로 인해 정보를 좀 더 빨리 받아들인 영향이 있었다.

아버지는 멀리 대구까지 가서 일본제 트랜지스터 라디오를 사 왔다. 버스를 타고 다섯 시간이나 가야 하였다. 지금이야 도로가 잘 포장되어 한 시간 반이면 갈 수 있지만 그때는 비포장도로에 흙길이어서 바닥은 울퉁불퉁하고, 중간마다 지정된 정류소도 없이 세워야 하는 일이 많아서 시간이 오래 걸렸다. 시골에 사는 사람은 여간해서는 대구에 가는 일이 없었다. 먹을 것은 모두 논밭에서 길러서 해결했고, 입을 것도 밭에서 목화를 재배하고 삼베를 길러서 옷감을 얻었으니 대구까지 갈 일이 없었다. 그런데 아버지는 라디오를 사러 그 멀리 가서, 엄마의 말에 의하면 "그렇게 비싼 일제 라디오"를 사 왔다.

우리 집은 앞뒤가 산으로 막혀 있어서 전파가 잘 잡히지 않아서 안테나를 세워야 했다. 아래채의 뒤에 있는 감나무 꼭대기에 기다란 대나무 장대를 묶고 그 끝에 안테나를 달았다. 그래도 소리가 '찌직찌직' 나고 잡음이 심했다. 감나무 끝은 지붕보다 높이 솟아 있고 그보다 더 높이 안테나를 꽂았어도 전파가 약했다. 대나무 장대를 두 개 연결해서 더 길다랗게 감나무에 달아 올리니 소리가 더 맑아졌다. 이 안테나를 세우는 데만 거의 한나절이 걸렸다.

조용하던 마을에 라디오 소리가 나면서 난리가 났다. 마을에는 집집마다 개를 한 마리 이상은 키웠는데 이 개들은 영리해서 낮선 사람의 목소리를 들으면 멍멍 짖어댄다. 시골집들은 대개 대문도 없고 방문도 잠그지 않고 외출하는 경우가 태반이라 개의 역할은 아주 중요하다. 특히 밤에 낮선 사람이 들어오면 개가 짖어야 알 수 있었다. 그런데 이 개들이 라디오에서 낮선 목소리가 나오고 듣도 보도 못한 소리가 나오자 컹컹 짖어댔다. 사람이라면 물체가 보여야 하는데 움직임도 없는 조그만 상자에서 이상한 소리가 나왔으니 놀랐던 모양이다.

동네 아지매 할머니들은 밤만 되면 우리 집으로 몰려왔다. 라디오에서 나오는 연속극을 듣기 위해서였다. 대청이나 마당에 둘러앉아 들었는데, 음성으로만 나오는 것이었지만 방안에 둘러앉아 옛날이야기 듣는 것보다는 훨씬 재미가 좋았던 모양이다.

라디오를 켜고 조작하는 것은 아버지가 했다. 동네에서 하나밖에 없는 귀중한 물건인데 아무나 만지다가 고장이라도 나면 큰일이었기 때문이다.

이것 하나만으로도 아버지는 동네에서 완전 스타가 되기에 충분했다.

아버지는 이것으로 그치지 않았다.

어느 날 대구에 볼일이 있다며 가서는 밍크 털 점퍼를 하나 사왔다. 두툼하고 기장이 엉덩이까지 오는 것이었는데 전체가 밍크 털로 싸여 있어 시베리아에서도 얼어 죽지 않을 것 같은 옷이었다. 엄마는 그게 '황소 한 마리 값'이라고 했다.

농촌에서는 집집마다 소를 한 마리씩은 키웠다. 대개 암소를 키우고 황소는 마을에서 한두 마리 정도 키웠다. 암소는 순해서 다루기가 손쉬워 농사일에 부려 먹을 수 있어 많은 도움이 되었다. 게다가 새끼를 낳아 주니까 송아지를 팔아서 소득을 올릴 수도 있었다. 상대적으로 황소는 성질이 거칠었다.

성질을 부리면 장골이 한 사람으로서는 당하지 못할 때도 있다. 말도 잘 안 들을 때도 있고 심술을 부리면 겁이 나기도 한다. 그렇지만 힘이 세니까 잘 다룰 수만 있으면 농사일에는 많은 도움이 된다. 그리고 암소가 발정하더라도 황소가 있어야 교배를 할 수 있으므로 마을에서 한두 마리 정도는 키우는 것이다. 우리 집에서는 일을 거들어주는 일꾼이 있었으므로 항상 암소와 황소 한 마리는 키웠다. 다른 집의 암소가 발정할 때 황소를 빌려주기도 했는데 그러면 대개 돈을 좀 주든지 아니면 쌀이나 곡식을 주기도 했다. 그러면서 고맙다는 인사는 빠지지 않는다. 그것이 곧 송아지로 태어나는 길이었기 때문이다. 황소는 덩치도 암소보다 더 크고 힘도 더 세기 때문에 값은 암소보다 항상 더 비쌌다.

농촌에서 재산이라고 해봤자 별게 없다. 사는 집과 곡식과 채소를 가꾸는 논밭이 전부다. 요즘이야 전국 어느 오지의 구석이라 할지라도 땅값이 올라서 논밭의 값도 많이 뛰었지만, 예전 조용하던 시절에는 시골 땅값은 휴짓조각이나 다름없었다. 이때는 소가 재산목록 1호였고 특히 황소값은 비싸게 매겨졌었다.

이렇게 비싼 황소 한 마리 값으로 밍크 점퍼 하나를 바꿔 왔으니 엄마는 눈이 휘둥그레 해졌다. 동네 사람들도 마찬가지였다. 소 한 마리만 있어도 가족의 생계를 장만할 수 있는데, 그 소 한 마리를 몸에 걸치고 다녔으니 다들 입이 벌어졌다.

아버지는 대구에 볼일이 있거나 멀리 가야 할 일이 있을 때 그 옷을 입고 나갔다. 작은할아버지가 아버지의 입대 연기를 위해 병무청 담당자를 만나러 갈 때도 그 옷을 입고 갔다. 시골에 살고 있다고 무시하지 말라는 일종의 경고성 또는 시위성이 있었던 것일까. 아니면 '이래 봬도 세상의 흐름에 뒤떨어지지 않고 알 만큼 알고 있다'라던지, 또는 궁색하게 보이면 오히려 차별받을 수도 있으니 뭔가 있는 것처럼 보여 주려고 했던 것일까. 엄마의 기억에는 작은할아버지가 아버지의 징집연장 처리를 하러 갈 때는 매번 그 옷을 빌려 입고 간 것으로 입력되어 있다.

우리 가족이 대구로 이사를 나온 후에도 그 옷은 장롱 속에 보관되어 있었다. 내가 고등학생이었을 때 몇 번 입어 봤다. 새로 나온 옷은 가벼운데 그 옷은 너무 무거웠다. 그렇지만 비교할 수 없을 만큼 따뜻했다. 아무리 매서운 바람이 불고 차가운 공기가 온몸을 얼어붙게 해도 그 옷 속에서는 포근한 기운을 느낄 수 있었다. 결국, 따뜻한 걸 택하느냐 가벼운 걸 택하느냐 하는 선택의 문제만 있었다.

사람이든 물질이든 세월의 흐름을 피해갈 수는 없다. 나이가 들고, 유행이 바뀌고, 낡음이 새로움을 대체하는 것은 피할 수 없다. '황소 한 마리 값'이라 할지라도 세월이 지나면 눈길에서 벗어나고 뒷전으로 밀려날 수밖에 없다. 거기에는 인간의 변덕스러움과 새로운 것을 추구하는 욕망도 한몫할 것이다. 아버지가 애지중지하던 그 옷은 어느 순간 사라져 버렸다. 그 사이 우리 집은 여러 번 이사해야 했는데 그 옷은 어떻게 없어졌는지도 모르게 사라져 버렸다. 있을 때는 아무런 느낌도 모르다가 막상 없어지고 나니 그 옷에서 나던 아버지의 향취가 그리워진다.

선생님과 학생

아버지는 약간 내성적인 성격이었다. 평소에는 말이 별로 없다가 술을 한 잔 마시면 말을 잘했다. 보통 내성적인 사람은 생각은 많이 하지만 그것을 밖으로 뱉어내는 걸 주저한다. 생각이 많아질수록 말로 표현하기가 더 곤란해질 수도 있다. 또 이걸 말로 하면 상대의 반응은 어떻게 나올까, 내가 하는 말이 상대를 불편하게 하지는 않을까 하는 생각이 다시 겹치므로 쉽게 말을 하지 않는다. 반대로 행동이 앞서는 사람은 자그마한 생각이라도 쉽게 얘기해 버린다. 설령 그 말이 틀리더라도 심하게 자극받지 않는다. 그냥 털어버리고 생각을 바꾸어 버린다. 자신이 스트레스받지 않고 편하게 살려면 이런 태도가 훨씬 도움된다.

그렇지만 내성적인 성격에 길들여진 사람은 이게 쉽지 않다.

아버지는 그 당시로서는 공부를 많이 한 편이고 생각도 많이 하는 편이므로 생각의 깊이도 깊었고 이 정도의 이론은 알고 있었을 것이다. 그렇지만 이런 성격을 끝까지 바꾸지 못했다.

아버지는 자기주장이 강하고 고집이 셌다. 우리는 아무도 아버지의 말에 토를 달지 못했다. 토를 달면 목소리가 높아지고, 자기 말을 듣지 않는다고 화를 내기 때문에 아예 입을 봉하고 있는 게 심신이 편했다. 그렇다고 전혀 얼토당토않은 말을 하는 것은 아니었다. 나름대로 심사숙고해서 말을 하는 편이므로 이치에 맞지 않는 것을 무조건 따르라는 것은 아니다. 단지 하는 방법과 시기, 또는 하는 절차에 대한 의견이 다를 수 있었지만 그걸 굳이 얘기해서 시끄럽게 만들고 싶지는 않았다. '모로 가도 서울만 가면 되는 것 아닌가?'라는 심리가 우리 가족들에게는 일찍 자리 잡았다.

엄마도 아버지에게 반대 의견을 말하는 걸 본 적이 없다. 엄마도 이미 그런 심리에 통달하고 있었을 것이다. 집안이 시끄러워지는 것보다는 다소 마음에 맞지 않더라도 아버지의 의견에 따라주는 것이 훨씬 낫다는 것을 터득했을 것이다. 이런 점에서 보면 아버지는 전형적인 유교적 풍습이 몸에 밴 옛날 양반과 다름없었다.

엄마에게는 편한 점도 있었다. 아버지는 반찬 투정을 하지는 않았다. 어떤 재료로 반찬을 하더라도 불평을 하지 않았다. 훗날 아버지가 부도를 맞아 엄마가 식사를 준비하기가 매우 어려웠을 때는 김치 하나에 밥 한 공기만 있어도 불평이 없었고, 심지어 고추장 하나에 밥 한 공기만 있어도 다른 말을 하지 않았다. 언젠가 아버지 스스로 그런 말을 한 적도 있었다. 엄마는 쌀 한 톨도 그냥 버리지 않을 정도로 알뜰하게 살았는데, 자신은 그런 엄마가 고마워서 한 번도 반찬 투정을 하지 않았다고. 그렇지만 여기에는 조건이 있었다. 어떤 재료로 어떤 방식으로 만들어도 좋지만, 간이 되어야 하고 고춧가루가 들어가야 했다. 아버지는 짜고 맵지 않으면 맛을 느끼지 못할 정도였다. 결국, 이런 식습관 때문에 위장이 다 망가졌고 이로 인해 생명이 꺼져 갈 때까지도 이것만은 바꾸지 못했다.

아버지는 이렇게 개성이 강하고 독특한 성격을 가졌지만 나는 아버지를 '꼰대'라고 부르는 데는 전혀 동의하지 않는다. 당시 우리 또래 사이에서는 꼰대라는 말이 유행했었다. 대구에 나온 뒤의 얘기지만 많은 부모가 아이들에게 잔소리를 많이 하고, 공부하라고 닦달하고, 때로는 손찌검과 몽둥이까지 들고 아이들을 괴롭히는 경우가 있었는데 아버지는 그런 것하고는 완전히 담을 쌓고 있었다. 내가 초등학교에 입학해서 대학을 졸업할 때까지 "너 공부해라." "공부해서 남 주냐?"라는 말은 들어 본 적이 없다.

초등학교 6학년 때였던가. 그때는 중학교에 진학하려면 입학시험을 치러야 했으므로 중요한 시기였다. 모의고사였는지 꽤 중요한 시험이었는데 나는 전날 공부를 좀 늦게까지 하다가 시험시간을 맞았다. 산수 시험이었던 것 같은데 시험 도중에 너무 졸려 그만 깜박 잠을 자 버렸다. 당연히 점수는 엉망이었고, 담임선생님에게 회초리도 맞고 혼이 났다. 아버지는 같은 학교에서 3학년 담임을 맡고 있었는데 우리 담임선생님이 당연히 아버지에게 고자질했을 것이었다. 평소의 내 실력이라면 그 정도의 문제는 거의 100점 가까이 맞아야 할 텐데 그 날은 50, 60점은 되었으려나?

나는 간이 콩알만 해져서 집으로 왔다. 집에서는 아무 말이 없었다. 그 날도 그 다음 날도.

세상에 욕심이 없는 사람이 어디 있겠는가. 개인은 개인대로 하고 싶은 욕망이 있고, 부모는 자식이 잘되기를 바라는 욕심이 있다. 더 나은 것을 추구하고 더 좋은 것을 찾아가는 욕망은 그 자체로는 절대 나쁜 것이 아니다. 생명이 있는 모든 동식물에는 이런 욕망이 있어야 생존할 수 있고 그로 인해 더 발전할 수 있는 계기가 된다. 문제는 그것이 너무 과하게 표출되거나 너무 심하게 집착하는 것이다.

자식에 대한 욕심이 너무 과해서 부모와 자식 간에 서로 마음의 상처를 안고 사는 사람도 많이 보았다. 아버지는 이런 면에서는 탓할 게 전혀 없다. 이것이 아버지의 교육철학이었을까. 하고 싶은 말을 안 하고 사는 것도 보통이 아니다. 더군다나 잔소리해야겠는데 또는 화가 나서 꾸지람도 하고 혼을 좀 내야겠는데 그걸 하지 않고 입 다물고 있기란 쉽지 않다.

아버지도 학교에서 학생들을 지도할 때는 시험을 못 치거나 공부를 하지 않는 아이들을 불러놓고 꾸지람도 하고 회초리도 가끔 들었을 것이다. 그런데 어째서 나와 나의 형제들에게는 공부하라고 다그치는 말을 한 번도 하지 않았을까?

혹시 나를 천재로 착각하고 있었을까. 말을 하지 않아도 스스로 알아서 하고, 또 남보다 더 잘하리라는 믿음을 가졌을까. 분명한 것은 내가 천재가 아니란 것은 천하가 다 안다는 사실. 초등학교 6학년 때 천재 같은 아이를 짝으로 둔 적이 있다. 그 친구는 나중에 사법시험에 합격하여 서울지검 검사로 근무하다가 죽었다. 어린 시절 "천재는 요절한다"는 말을 들은 적 있는 데 정말로 그는 천재처럼 요절했다. 나는 그런 천재 같은 드라마틱한 요소를 하나도 가지고 있지 않다. 아버지도 그 정도는 몰랐을 리가 없다.

그러면 아예 무관심으로 대했을까. '네 인생 네 맘대로 해라'라는 식으로. 이렇게 평가를 해버리는 것은 아버지를 너무 불쌍하게 바라보는 것이 된다.

왜냐하면, 아버지는 항상 학기 말이 되면 나오는 통지표를 꼼꼼히 들여다보았고, 무슨 시험이 있으면 "시간에 맞춰 좀 일찍 가거라" "어디 어디로 가면 좀 빠르게 갈 수 있다"는 등 관심의 끈은 절대 놓지 않고 있었기 때문이다.

옛날 중국의 손자가 한 말, "싸우지 않고 이기는 것이 가장 최선의 방법이다"는 말처럼 아버지는 '공부하라'는 말을 하지 않고도 스스로 알아서 하도록 유도하는 방법을 택한 것 같다. 이 방법을 끝까지 유지하기 위해서 아버지는 많은 심리적 갈등을 겪었을 것이다. 나는 시험을 엉망으로 치고 온 적도 있었고, 학교가 끝나고 온종일 놀다가 밤이 늦어서야 집으로 돌아온 적도 많았으니까.

형은 초등학교에 다닐 때 세 번이나 아버지를 담임선생님으로 맞이했다. 2학년, 3학년 그리고 6학년 때. 3년간이나 같은 선생님과 지내다 보면 뭔가 특별한 에피소드가 있을 법도 한데 형은 아무것도 기억나지 않는다고 한다. 너무 모범적인 학생이었기 때문일까, 아니면 관심 밖의 학생이었기 때문일까. 누나는 5년간을 아버지와 같은 학교에 다녔지만 한 번도 담임선생님으로 만나지는 못했다. 그렇지만 누나는 아버지에 대해 더 많은 것을 기억하고 있다. 아마 남자와 여자가 느끼는 감수성의 차이가 아닐까. 형은 좀 무덤덤하고 사소한 것에 대해서는 깊이 생각하지 않는 습관이 있는 반면에 누나는 여자로서의 예민함과 작은 일에도 쉽게 감정을 느끼는 성향이 있었던 것 같다.

　　형이 기억하고 있는 것은 다른 아이들보다 더 많이 꾸지람을 받고 더 무거운 벌을 받았다는 것이다. 같은 잘못에 대해서도 다른 아이들보다 더 엄하게 벌을 받았다는 것이다. 이것은 형뿐만 아니라 큰 아재와 작은 아재에게도 같이 적용되었다. 가까운 사람일수록 더 엄하게 질책을 해야 다른 아이들에게도 부담감을 가지지 않고 벌을 줄 수 있었으리라.

　　나는 고향의 초등학교에서 대구의 초등학교로 전학을 와서도 아버지와 같은 학교에 다녔다. 집은 대명동에 있었고 학교는 시내 중심에 있었는데 거리가 거의 십 리는 될 터였다. 구역으로 봐서는 그 학교에 해당하지 않고 집 가까이에도 학교가 있었지만, 아버지가 다니고 있었고, 또 아무래도 중심지에 있는 학교가 좋지 않을까 하는 아버지의 생각에 따라서 그 멀리 있는 학교에 다녔다.

전학한 첫날 아버지와 함께 걸어서 학교에 갔다. 집들이 빼곡히 들어선 골목길을 굽이굽이 돌아서 걸어갔다. 고향에서 등교할 때 보았던 산길과 들길과는 전혀 달랐다. 개울을 건너고 바람에 흔들리는 풀잎을 보고 개구리가 뛰어가고 매미가 울어대는 걸 들으며 걸어가는 길은 지겨운 줄을 몰랐는데, 비슷비슷한 골목을 요리조리 헤쳐가는 길은 너무 단조롭고 건조했다.

그렇게 사오십 분을 걸어서 학교에 도착했다. 그다음 날은 아버지가 당직인 날이어서 일찍 출근하고 나 혼자 걸어가야 했다. 이 날을 대비해서 전날 아버지가 길을 가르쳐 주려고 나를 데리고 학교에 갔던 것이다. 혼자 걸어가는 골목은 이게 그 길인지 저게 그 길인지 분간이 잘 안 되었다. 시골에서는 깊은 산 속에서도 한 번 갔던 길을 놓치지 않고 되돌아오는 데 큰 어려움 없이 잘 다녔는데 어찌 된 일인지 도시의 골목길은 분간이 어려웠다. 집 모양도 비슷하고 담도 똑같이 벽돌로 쌓아놓고 색깔도 회색으로 통일되어 있어서 가다가 결국 길을 잃고 헤매다가 지각을 했다. 가슴이 콩닥콩닥하면서 교문 앞으로 가는데 등교하는 아이들이 아무도 없었다. 거리는 조용했다. 수업 중일 텐데 교실에 어떻게 들어가야 하나 하는 걱정이 가슴을 짓눌렀다.

멀찍이 보이는 교문은 이미 닫혀 있었다. 가까이 가서 보니 큰 철문은 닫혀 있고 작은 쪽문이 열려 있었다. 두근거리는 마음으로 쪽문을 들어서는데 아버지가 경비아저씨와 함께 그 앞에 서 있었다. 빙그레 웃으면서 "길을 잃어버렸구나" 하셨다. 그제야 콩닥거리던 가슴이 가라앉았다.

나와 같은 동네에서 같은 학교에 다니는 친구가 하나 있었다. 내가 초등학교에 다니면서 발견한 천재 같은 그 아이였다. 그 친구는 엄마와 단둘이 살고 있었는데 그 친구의 엄마는 영선시장에서 좌판을 하고 있었다. 다들 어렵게 살던 시절이었지만 그 친구는 아버지도 없이 엄마 혼자서 좌판을 해서 살아가야 했으니 우리 집보다 더 궁핍한 생활을 했다. 그렇지만 그 친구는 천재 같은 머리를 갖고 있었고 나중에 사법고시에 합격해서 검사생활을 했다. 불행하게도 젊은 나이에 죽어버렸지만. 나는 그 친구가 일찍 죽은 이유는 어린 시절에 영양공급이 제대로 되지 않았던 것이 원인이 아닐까 하는 생각이 든다. 6학년 때 경주로 수학여행을 가는데 그 친구는 메고 갈 가방이 없었다. 간단한 김밥 하나와 마실 것 하나 정도 넣어가는 것이었지만 가방이 없어서 새벽에 우리 집으로 와서 나의 가방에 같이 넣어서 갔다.

가끔 학교를 마치고 집으로 돌아올 때 그와 같이 걸어오기도 했는데, 6학년 때 한 반에서 짝꿍이 되기도 했는데, 한 때는 샘이 나서 만나기 싫을 때도 있었지만 이제는 보고 싶어도 볼 수가 없다.

언젠가 캐나다에 출장을 갔다가 몬트리올의 영사와 저녁 식사를 하게 되었는데 마침 그는 내 천재 같은 친구의 대학친구였다.

그로부터 내 친구의 근황을 듣고 서울로 돌아가면 한번 만나봐야지 하는 마음을 품고 있었는데 차일피일 날짜를 넘기다가 어느 날 신문에서 그 친구의 부고를 보았다. 내 어린 시절의 추억을 많이 공유하고 있고 한때는 그의 머리를 닮고 싶었던 적도 있었는데 이렇게 나를 잘 알고 있는 또 한 사람이 영영 사라져 버렸다. 나이를 먹어 가면서 우리는 새로 얻는 것도 많지만 정말 영원히 간직하고 싶은 것들도 하나씩 잃어 간다.

초등학교 4학년 때 엄마는 많이 아팠다. 처음에는 막내 동생이 아프기 시작했는데 병원에 다니고 약을 먹었지만, 차도가 없었다. 고열에 시달리고 죽은 듯이 누워 지냈다. 며칠 뒤부터는 엄마도 아프기 시작했다. 동생이 아파서 누워 지내는 데 낫지 않으니까 엄마는 그게 마음의 병이 되어 진짜로 육체로 병이 옮아간 게 아닌가 하는 생각이 든다. 동생과 엄마의 병은 점차 더 심해지고 나아가는 낌새가 보이지 않았다. 결국 그 애는 영영 눈을 뜨지 못했다. 엄마도 죽을지도 모른다는 말이 나올 만큼 심신의 상태가 갈 데까지 갔다. 시간이 오래 걸렸지만, 다행히 엄마는 차츰 기력을 회복했다.

그 애가 하늘나라로 올라간 날 나는 아버지의 심부름을 맡았다. 그 날 아침 학교에 가려고 가방을 드는데 아버지가 불렀다. 학교에 가서 담임선생님께 아이 일로 아버지가 출근을 못 한다고 전하라는 것이었다. 기분이 참 우울했다. 맑은 하늘 깨끗한 대기를 마시며 걷는데도 발걸음은 무거웠다. 선생님께 어떻게 말해야 하나 하는 고민도 들었다. 우선 그 말을 해야 한다는 것 자체가 너무 어렵게 느껴졌다. "왜 죽었나?"라고 물으면 어떻게 대답해야 할까? 죽는다는 걸 이해하기에는 나는 너무 어렸다. '왜'에 대한 대답을 하기에는 아무것도 몰랐다. 그 애는 아주 명랑했다. 밝은 성정을 가지고 있었다. 그런데 너무 빨리 하늘나라로 올라갔다. 어두운 동굴 속으로 들어가서 사방을 분간 못 하고 두리번거리는 듯한 마음으로 선생님께 얘기했는데 다행히 선생님은 아무것도 묻지 않았다. 그리고 긴 말도 하지 않았다. 나는 내 가슴 속의 어두운 동굴 속 같은 깜깜함이 들키지 않은 것만으로도 안도감을 느꼈다.

이날의 기억은 오랫동안 나의 뇌리에서 떨어지지 않았다.

전학 온 여자아이

산골 초등학교에서는 시간이 느리게 갔다. 입학할 때 친구들이 거의 전부 졸업할 때까지 함께 학교에 다녔다. 도중에 그만두는 아이도 없고, 다른 학교로 전학 가는 아이도 없고, 멀리서 전학 오는 경우도 거의 없었다. 친구의 집이 어딘지도 알고 있고 걔네 부모님은 누군지도 알고 있고, 형이며 동생까지도 다 알고 있었다. 형이나 동생도 같은 학교에 다니고 있으니 모를 리가 없었다. 한 학년의 학생 수가 오륙십 명, 몇 년 뒤 가장 많아졌을 때는 백 명까지 불어나기도 했지만 전 학년의 얼굴을 다 알 수 있을 만큼 되었다.

수업이 끝나고 나면 바쁘게 학원을 갈 일도 없었다. 피아노를 배우러, 그림을 배우러, 또 주산이나 바둑을 배우러 여기저기 기웃거릴 일이 없었다. 방과 후 수업이라는 게 없었다. 더우면 개울로 가서 물속에 뛰어들고, 날씨가 맑으면 흙바닥에 금 그어놓고 돌치기나 자치기 하면서 놀았다. 흙과 돌을 만지고 주무르고 갖고 놀아도 그게 불결하다거나 더럽다고 생각지 않았다. 흙이 묻거나 땀이 나면 개울물을 한번 끼얹으면 그만이었다.

개울물은 참 투명했다. 바닥에 깔린 작은 돌이 물에 쓸려 매끈매끈해진 앙증맞은 모습도 보이고 바위틈에 붙은 골부리(다슬기)도 보이고 피라미들이 이리저리 헤엄쳐 다니는 것도 선명하게 보였다. 물은 항상 풍부하게 흘렀고 냇가의 버드나무는 녹색의 빛으로 반짝거렸다. 물새는 수십 마리가 풀섶과 물 위를 날아다니며 피라미들과 숨바꼭질을 했다.

그 풀섶을 밟으면 미꾸라지들이 깜짝 놀라 튀어 나갔다. 미꾸라지는 말 그대로 정말 미끄럽다. 손으로 움켜잡아도 손가락 사이로 쏙 빠져나간다. 손으로 미꾸라지를 잡으려다가는 흙탕물을 뒤집어쓰기 일쑤다.

냇가에 다가서면 시간이 언제 가는지도 몰랐다. 싸리나무로 얼기설기 엮은 바구니만 있으면 미꾸라지도 잡고 피라미도 잡았다. 그때는 물고기가 매우 순진했던 것 같다. 너무 맑은 물과 깨끗한 자연에 도취되어 있었던 걸까. 아니면 아이들과 친구가 되려고 같이 놀아준 것일까. 조막만한 손으로 달려드는데도 빨리 도망가지 않고 잘 잡혔다. 물고기도 험한 세상을 살아보지 않았으니 다 제 마음처럼 맑고 하얀 마음을 가진 것으로 생각했을까.

내가 어른이 되고 그때로부터 수십 년이 지나서 그곳을 가보니 그때의 개울은 없어졌다. 물은 말라서 바위 바닥을 드러내 놓고 있었고, 피라미와 미꾸라지는 씨가 말랐고, 물새는 종적을 감추어 버렸다. 우리는 환경을 살려야 한다고 외치고 있고, 자연을 보호해야 한다고 부르짖고 있다.

그런데 예전의 그 깨끗한 물과 아름다운 풀과 나무, 폴짝폴짝 나무 사이를 뜀박질하던 그 새들은 다 어디로 어찌하여 가버렸을까. 세월에 묻힌 지난날의 아름다웠던 풍경을 떠올리려던 나에게는 참담하고 씁쓸한 느낌만 젖어들었다.

초등학교 3학년 초에 낯선 아이가 교실에 들어왔다. 선생님은 도시에서 전학 온 아이라고 소개했다. 그 아이는 눈만 동그랗게 크게 뜨고 말이 없었다. 마치 겁먹은듯한 눈이었다. 우리들 중에 누구도 그 애에게 인상을 쓰거나 겁주려는 말을 하는 사람이 없었다. 그렇지만 그 애는 스스로를 방어하려는 듯이 조심스러운 태도에 말이 없었다. 어쩌다 말을 하더라도 목소리가 모깃소리만큼 가늘어서 귀담아듣지 않으면 알아듣기 힘들었다.

그 애는 우리와는 다른 별종처럼 보였다. 우리가 알고 있던 사람의 종류에는 황인종, 백인과 흑인 정도였는데 그 애는 백인의 자손일까. 백인이라면 키가 커야 할 텐데 왜 키는 우리보다도 작을까. 우리가 알고 있던 백인은 흰 얼굴에 체격은 우람하고 팔다리에 털은 송송 나고 키도 큰 모습인데 그 애는 피부가 뽀얀 것만 닮았지 다른 건 닮은 게 없었다. 팔다리는 가늘고 투명하리만치 뽀야서 혹시라도 건드리면 부러질까 염려스러웠다.

우리는 모두 얼굴이 가무잡잡했다. 햇빛에 태우면 구릿빛이라고 하는데 우리의 구릿빛은 밝고 깨끗한 구리색이 아니고 구리가 오랫동안 공기에 노출되어 노화된 칙칙한 구리색이었다. 그렇지만 오랜 시간 햇빛에 길들여져 반질반질 윤이 나는 피부였다. 비록 살집은 붙지 않아 깡마른 몸매였지만 뼈대는 강단 있어 보였다.

그 애는 시골의 대지에서 거리낌 없이 자란 우리와는 많이 달랐다. 그런 애가 왜 이런 산골에 이사를 왔을까 그게 궁금했다.

우리 마을 앞을 흐르는 개울을 따라 위로 한참 올라가면 못이 나온다. 그 못에서 어른들은 가끔 낚시도 하고 아이들은 수영도 했다. 나는 그때까지 수영할 줄 몰라서 못 가에서 물장난을 치며 형들이 수영하는 걸 구경도 하고 낚시하는 사람이 있으면 그것도 구경했다. 거기에는 붕어가 많았다.

참붕어는 몸에 좋다고, 또 약으로 쓴다고, 낚시하는 사람들이 있었다. 못은 깊었고 물은 깨끗했다. 그 물로 아래에 있는 논에 물을 대어 벼농사를 했다. 그래서 아무도 그곳을 더럽히려고 하지 않았다.

나는 어른이 되어서야 낚시를 할 때 떡밥을 던진다는 걸 알았다. 물고기가 먹을 수 있는 미끼 밥을 미리 던져 놓고 그 부근에 낚시를 던져서 물고기를 낚아 올리려는 것인데, 그 떡밥으로 인하여 물은 더러워진다. 환경을 오염시키는 원인은 이처럼 모두 사람의 작은 욕심 때문에 생긴다. 어릴 때 그 못에서 낚시하는 사람들은 떡밥을 던지는 이가 아무도 없었다. 미끼는 지렁이만 낚시 바늘에 끼우고 던졌다. 그러니 못물은 깨끗하게 유지될 수 있었다.

못은 상류로 올라갈수록 폭이 좁아져서 끝 부분에서는 작은 개울로 바뀐다. 개울의 양쪽으로는 경사가 심한 산이 솟아있고 숲은 우거져 있다. 신선이 살기에 좋은 곳일 수도 있고, 선녀가 목욕하기에 안성맞춤일 수도 있지만, 사람이 살기에는 너무 외진 곳이다. 산이 깊어 밤에는 야생동물이 출몰하고 달이 없는 밤에는 캄캄해서 사방을 분간하기도 어렵다. 사람들과 부대끼기 싫고 자연 속에서 죽은 듯이 살고 싶다면 그곳이 좋은 곳일 수도 있다.

그런 외딴곳에 조그마한 오두막집이 있었다. 방 한 칸에 작은 부엌이 딸렸고 손바닥보다 조금 넓은 마당이 있었고, 신기한 것은 그 산속에 있는 집에 나무 막대기를 얼기설기 엮어서 세운 담장이 있었다. 담장의 높이는 어른 허리만큼 되었을까 안이 훤히 보였다. 아마 짐승의 출입을 막기 위한 것이 아니었을까 생각해 본다.

못에는 안개꽃이 자주 피어올랐다. 상류의 폭이 좁은 곳과 산 기슭과 맞닿은 곳이 더욱 짙게 피어올랐는데 안개는 위쪽의 계곡을 가득 채우고 개울과 산 그리고 나무와 풀의 경계를 허물어 버렸다. 희미하게 보이는 윤곽 사이로 오두막의 지붕도 어슴푸레 보였다. 그것은 지붕처럼 보이기도 했고, 나뭇가지가 늘어진 것처럼 보이기도 했고, 때로는 멧돼지가 웅크리고 숨은 듯한 형상을 보이기도 했다. 그곳은 현실의 세계가 아닌 듯했다. 미지의 세계, 상상 속의 세계였다. 무언가 신비로운 일들이 생길 것 같아서 들어가 보고 싶어지다가도 막상 몇 걸음 들어가서 보면 섬뜩한 기분이 들고 온몸이 찌릿찌릿해지는 묘한 상태가 되었다.

안개에 덮인 계곡과 산은 어느 것도 분명한 게 없다. 개울도 없고 나무도 없고 땅도 없고 하늘도 없다. 온 세상이 희끄무레하게 보인다. 그 희끄무레한 공간이 나를 삼켜버린다. 나는 생각도 없어지고 아무런 감각도 없어진다. 내 발은 땅속에 심어진 나무와 다름없다. 머리도 텅 비어버리고 가슴도 뻥 뚫려버린 듯하다. 그저 멍하니 그 상태를 들여다보고 있는데 어느 순간 나는 무아지경에 빠져 버린다.

그 오두막집에는 예전에 한 사람이 살고 있었다. 오래전이라 남자였는지 할머니였는지 잘 기억이 나지 않는다. 사람이 사는 마을과 외떨어져 혼자서 사는 사람은 어떤 마음을 갖고 있었을까. 사람보다 노루나 사슴과 더 친하게 지냈을까. 그들과 대화는 어떻게 나눌까. 오랫동안 사람들과 나누는 말을 쓰지 않으면 말을 잃어버릴 텐데 인간의 세상과는 영영 단절하고 살려는 것이었을까.

얼굴이 뽀얀 여자애가 그 오두막집으로 이사를 왔다. 아버지, 어머니와 오빠 그리고 그 아이 이렇게 넷이었다. 작은 헛간을 오두막에 이어 붙이고 살았다.

이사를 하고 며칠이 지나서 그 여자애의 아버지가 우리 집으로 인사를 왔다. 우리 집은 그 마을에서 가장 크고 할머니와 아버지는 마을에서 어른으로 대접받고 있었으니 일종의 신고식으로 온 것이었다. 그녀의 아버지는 이상한 사람이 아니었다. 우리와 같은 아주 정상적이었으나 얼굴색이 우리처럼 햇볕에 탄 얼굴이 아니었다. 이 지역 근방에 살았더라면 안면이라도 있을 텐데 전혀 낯선 얼굴이었다. 그런 사람이 어떻게 그 골짜기 안에 오두막집이 있다는 걸 알았을까. 사람이 잘 다니지 않고 외지에서 관광객이 오는 곳도 아닌데 어떻게 집을 찾아내서 살려고 들어 왔을까.

그 집에서 초등학교에 가려면 어른이라면 삼십 분, 아이라면 사십 분은 걸릴 터였다. 걸리는 시간만의 문제가 아니었다. 좁다란 산길을 굽이굽이 돌아서 내려와야 했다. 사람이 다니지 않는 산길, 너무 한적한 산길, 바람 소리, 새소리, 나뭇잎 부딪치는 소리만 들리는 산길, 다람쥐가 나뭇가지를 뛰어가는 소리에도 깜짝 놀라 가슴을 졸이는 산길을 그 어린애는 매일 지나 학교에 가야 했다. 얼굴이 뽀얗고 피부는 하늘거리고 팔다리는 가는 애가 산길을 사십 분을 걸어서 학교에 다녀야 하는데 그 애의 아버지는 그런 걱정은 전혀 없었다.

3학년 1학기를 그 애와 같이 학교에 다녔다. 2학기가 시작될 무렵 나는 대구로 전학을 갔다.

중학생이 되었을 때 아버지는 고향의 우리 집을 팔았다. 가장 늦게까지 남아 있었던 할머니도 대구로 이사를 오고 아버지의 사업도 어려워지며 돈이 필요했다.

집과 논밭을 팔았는데 고향 집의 바로 옆에 살던 작은할아버지로부터 연락을 받고, 아버지는 매매계약을 위해 고향엘 갔다.

집을 팔고 돌아온 아버지는 그 집을 산 사람이 그 뽀얀 얼굴을 가진 애의 아버지라고 했다. 깊은 산 속에서 살아 있는지 죽었는지도 모를 만큼 소리 없이 살던 사람이 우리 집을 샀다. 시골에서는 그래도 큰 집이라고 소문났는데 그 오두막집에 살던 사람이 어떻게 그걸 샀을까. 무슨 곡절이 있어서 사람 사는 세상을 벗어났다가 다시 사람 사는 세상으로 돌아왔을까.

나는 아직도 나의 뿌리가 그 집에 있다고 생각하고 있고, 아버지와 할머니 또 그 위의 할아버지와 할머니의 혼이 담겨 있는 곳이 그 집이라고 여기고 있다. 내 모든 사고의 원천은 거기에 있고, 어린 시절의 아름다웠던 추억도 거기에서 시작되었고, 아버지와 엄마와 나의 연이 이어진 곳도 그곳인데 이제 그 집은 뽀얀 얼굴을 가진 애의 삶의 터전이 되어 버렸다.

산골의 밤

산골 마을에는 어둠이 일찍 찾아든다. 오후의 따사로운 햇볕이 앞산에서 빛줄기를 이루어 집안 대청으로 파고들면 머지않아 해는 산마루의 소나무 끝에 걸리고, 소나무의 그림자는 개울을 덮어버린다. 해가 소나무 뿌리를 향하여 내려앉으면 앞산의 그림자는 마당을 덮고 방을 덮고 대청을 덮어버린다. 마당에 검은 그림자가 내려앉고 계곡이 어둑어둑해질 무렵 계곡 사이로 뻗어 나간 트인 공간의 하늘은 아직도 푸른색이 남아 있다.

소나무 뿌리를 향하여 떨어진 해는 점점 더 깊은 땅속을 파고들고 어둠은 더 진한 농도로 바뀌어간다.

어둠은 적막감을 데리고 온다. 바람 소리는 더 크게 들리고 밖에 나간 아이를 부르는 엄마의 외침은 앞산 벽을 때리고 되돌아와서 입에서 나는 소리와 되돌아온 소리가 겹쳐서 더 크게 웅웅거린다. 마을은 한산하고 사람들은 안으로 안으로 파고든다. 한

낮에 귀청을 때리던 매미의 울음도 잦아들고 참새의 짹짹거리던 소리도 햇빛을 따라 사라져 버린다. 빛이 사라진 마을에는 고요함만 남는다.

어둠은 가끔 사람을 이상한 나라로 안내한다. 생각이 깊은 사람은 더욱 깊고 먼 세계로 데려가서 현실에서 겪어보지 못했던 것, 밝은 대낮에 그려보지 못했던 세상까지 그려볼 수 있도록 안내한다. 자기가 빠져들었던 생각에 따라서 그곳은 좋은 곳일 수도 있고 나쁜 곳일 수도 있다. 험한 길일 수도 있고 아름다운 길일 수도 있다.

작은할아버지는 매일 십 리 길을 걸어서 면사무소에 출퇴근했다. 퇴근길은 항상 어둠이 내려앉을 무렵이었다. 그때는 장년이었고 육체가 건강할 때였다. 집으로 오는 길의 중간쯤에 정자가 있고 그 앞에는 너른 갯벌과 물길이 있었다. 그날 늦가을이어서 해는 일찍 떨어졌고 어둠은 일찍 찾아왔다. 돌다리를 딛고 물길을 건넜는데 몇 걸음 앞에서 불빛이 그를 안내했다. 불빛을 보는 순간부터 이성적인 생각은 사라지고 자신도 모르게 그 불빛을 따라가게 되었다.

시골집 마당에는 싸리나무로 만든 빗자루가 있었는데 그 빗자루가 손잡이를 위로 올라오도록 꼿꼿이 선 채 끝에는 불빛을 달고 앞으로 가고 있었다.

간혹 어떤 사람은 지게 작대기가 도깨비로 변한다는 말을 하기도 했다. 산골의 도깨비는 항상 그런 형상을 하고 나타났다. 싸리 빗자루로 변신한 도깨비는 사람이 다니는 길을 가지 않고 왼쪽에 있는 산으로 올라갔다. 작은할아버지도 그 불을 따라 산으로 올라갔다. 캄캄한 산길을 그 불이 가는 대로 따라가는데 나무 사이도 지나고 숲 속을 빠져나가기도 하고 덤불 속을 헤매기도 했다. 온몸은 땀으로 범벅이 되었고, 팔등은 여기저기 긁혔다. 시간이 얼마나 흘렀는지도 몰랐다. 얼마나 걸었는지 다리가 풀려서 더 이상 걷기가 힘들 지경에 이르러서 앞을 보니 불빛은 사라져서 보이지 않고 집 앞에 당도한 것을 알았다. 그리고 곧 첫닭이 울었다.

첫닭이 운다는 것은 새벽이 다가온다는 것이다. 도깨비는 햇빛을 싫어한다. 귀신도 빛을 싫어한다. 해가 뜬다는 징조를 보이니 도깨비가 사라졌다. 훗날 날이 밝을 때 작은할아버지는 그날 갔던 길을 더듬어 보았다. 개울을 따라 오른쪽으로는 인도가 있는데 그날 밤에는 왼쪽의 산으로 걸어 왔다.

그 개울의 위쪽에서 6.25 전쟁 때 인민군과 국군의 최후결전이 있었고, 많은 인민군이 죽었고, 그 전투에서 밀리면서 인민군은 퇴각했다. 국군도 사상자가 많았다. 그때 죽은 젊은 인민군의 영혼은 북으로 돌아가지 못하고 개울과 산기슭을 배회하고 있었다. 길을 잃은 젊은 영혼들이 인간이 그리워 가끔 도깨비로 변신하여 사람을 산속으로 끌고 간다고 작은할아버지는 말씀하셨다.

정신적인 충격이 너무 크거나 생각이 너무 많아 머리가 정리를 다 하지 못하고 혼돈에 빠질 때 사람들은 "눈에 헛것이 보인다"고 말한다. 그런 헛것이 캄캄한 밤을 이용해서 도깨비로 변신하는 것은 아닐까.

어렸을 적에 소에게 풀을 먹이려 소를 산에 풀어놓고 산속의 작은 평지에서 한참을 장난치며 놀았다. 해가 기울 무렵이면 소들은 스스로 주인이 있는 부근으로 내려온다. 소를 먹이러 갈 때는 보통 여러 사람이 같이 가는데 그날 한 마리가 보이지 않았다. 우선 내려온 소를 끌고 마을로 가서 한 마리가 없어졌다고 얘기했다.

소를 산에다 풀어놓으면 간혹 소가 풀 뜯어 먹는데 정신이 팔려 길을 잃어버리는 경우가 있었다. 이러면 마을 사람들은 너나 할 것 없이 횃불을 들고 산으로 올라갔다. 소가 갔음직 한 산길을 이리저리 찾아 헤맸다. 어른들은 소가 없어졌으니 애를 태우지만 어린 나에게는 소를 찾아가는 그 자체가 재미가 있었다.

골 안으로 곧장 들어가면 못이 나오는데 못 조금 못 미쳐서 왼쪽으로 가면 성지골이다. 성지골은 사람이 잘 다니지 않고 숲은 우거져서 풀과 나뭇잎은 주체할 수 없을 정도로 풍성하게 자란다. 그곳에 소를 풀어놓고 우리는 하루종일 공터와 개울에서 놀았다. 소가 보이지 않을 때는 그 골 위로 둘러선 산으로 올라가야 했다. 길도 없고 숲은 우거지고 땅은 가팔랐다. 골이 깊어 해는 빨리 떨어지고 어둠은 일찍 찾아들었다. 바람이 불면 오른쪽 산을 때리고, 튕겨 나온 바람은 다시 왼쪽 산을 때리고 그리고는 골 안에 갇혀 버린다. 갇힌 바람은 방향을 잃고 제멋대로 돌아다닌다. 나뭇가지도 오른쪽으로 쓰러지다가 왼쪽으로 쓰러지다가 그리고는 제멋대로 부르르 떤다. 그래서 추위도 빨리 찾아든다. 낙엽이 떨어지면 바람은 나뭇잎을 쓸어서 계곡 안으로 몰아넣는다. 늦가을에는 쓸려든 낙엽이 쌓여서 발목이 푹푹 빠진다. 산비탈은 가파른 데다 소나무 잎이 깔려있어 미끄럽다. 발은 조심조심 디뎌야 하고 손은 부지런히 나뭇가지를 잡아야 한다. 그곳은 먼 옛날부터 사람을 불러들이지 않은 천연의 오지였다.

그곳은 사람이 지배하는 땅이 아니었다. 낮에도 가끔 산토끼가 뛰어가는 것을 볼 수 있고 노루가 산허리에서 먼 곳을 바라보는 것을 볼 수 있었다. 노루의 몸체는 멋있다. 군살이 없이 미끈하다. 목을 쭉 뻗고 있는 자태는 아름답다.

풀잎에 살짝 가려진 노루를 보는 것은 아름다운 그림을 보는 것과 같다. 밤에는 사나운 동물의 세계다. 너구리와 살쾡이, 멧돼지가 밤 세상의 질서를 휘어잡는다. 이놈들은 낮에는 잘 보이지 않는다. 어딘가에 숨어서 우리를 엿보고 있었는지 모르지만 해가 떠 있는 낮에는 사람 앞에 얼씬거리지 않는다.

그런 오지의 산속을 밤에 오른다는 것은 이런 기회가 아니면 생길 수가 없었다. 소를 잃어버린 죄인이지만 마음 한쪽에는 횃불을 든 대열을 따라가는 게 신이 나는 이유였다. 가장 건장한 사람이 앞장을 서고 줄줄이 따라갔다. 대개 산을 넘어서 산기슭으로 가면 소가 있었다. 소는 영리해서 사람들의 소리가 들리면

'음매'하는 울음으로 자신의 위치를 알렸다.

마을 초입에 있던 팔수네 소는 영영 집으로 돌아오지 못했다. 소는 조심성이 많아 위험한 곳을 잘 가지 않는데 그놈은 맛있는 풀잎에 취했는지 높은 바위에서 미끄러져 굴러떨어졌다. 다음 날 아침에야 발견했는데 이미 숨이 끊어져 있었다. 시골에서 개나 돼지, 닭은 집에서도 마음대로 잡아먹었다. 그렇지만 소는 그러지 못했다. 소는 도축장에서만 잡을 수 있었다. 떨어져 죽은 소도 함부로 해체할 수 없어서 면사무소에 신고하고 그들이 와서 확인한 후에 뼈와 살점을 해체했다. 그날 마을에서는 팔자에도 없는 소고기를 맛있게 먹었고, 팔수네는 재수가 오지게도 없는 아픔을 달래야 했을 것이다. 이런 경우는 마을에서 처음이자 마지막이었다.

산골의 밤은 불빛이 없다. 보름달이 휘영청 밝은 날이 가장 밝은 때다. 그믐날은 사방을 분간하기 힘든 암흑이다. 달빛만이 길을 밝혀주고 흑과 백을 가려줄 뿐이다. 구름이 없는 날은 헤아릴 수 없는 수의 별들이 깨알처럼 하늘을 채우고 있다.

길은 인적이 끊기고 조용하다. 매미도 잠들고 참새도 잠든다. 해가 사라진 세상에서 모든 생명은 숨을 죽이고 있다. 낮이나 밤이나 항상 같은 속도를 가지고 같은 모양을 하고 같은 소리로 흐르는 것은 개울물뿐이다. 개울물은 제 모습을 잃지 않고 일정한 리듬으로 흐르지만, 밤에 듣는 물소리는 더 크게 들리고 더 청아하다.

밤은 소리로 통하고 소리가 지배한다. 호롱불만 켜진 방 안에 앉아 어두운 바깥세상의 변화와 모든 움직임을 감지한다. 사람의 귀는 밖을 향해 열려 있다. 의식하던 의식을 하지 않던 본능적으로 나를 둘러싼 주변의 작은 변화에 대해서 그것을 감지하게끔 숙련되어 간다. 산골의 어둠에 익숙해진다는 것은 이러한 환경의 변화 또는 자연의 움직임, 물체의 이동 같은 현상에서 일어나는 소리에 민감해진다는 것과도 같다.

방안의 불은 호롱불뿐이었다. 호롱불의 가시거리는 적어도 책을 읽을 수 있는 거리로 반경 1미터 이내이다. 그 거리를 벗어난 방안의 모서리와 벽은 어두운 공간으로 남아있다. 희미한 공간에서 자리 잡고 앉아 있으면 나의 본질에 대한 생각이 떠오르고, 나의 할아버지와 그 위의 할아버지 또 그보다 더 먼 윗대의 할아버지에 대한 관념이 떠오른다. 바람은 왜 저리 부는지, 올해 고추는 왜 이리 흉작인지, 새들은 왜 이리 극성으로 곡식을 쪼아 먹는지 하는 것도 생각이 난다. 빛이 흐려진 공간에서는 청각이 발달하고 사고력이 한층 깊어진다.

소리는 항상 나를 맴돌고 마당을 배회하고 마을을 관통하고 있다. 방문의 문풍지가 '사륵 사륵'하는 소리를 내면 바람이 불고 있다는 것이다. 바람이 세지면 문이 흔들리고 '드륵 드륵' 소리가 난다. 거센 바람이 불면 집 뒤의 감나무가 '쏴아 쏴아' 우는 소리가 나고, 마당에서는 떨어진 나뭇가지와 잎사귀가 구르며 부딪치는 소리가 난다. 이런 소리가 나면 마음이 스산해진다. 집 나간 자식이 걱정되고 돌아가신 할머니와 할아버지가 그립고, 밭에 심은 상추와 고추가 무사한지 염려스럽다.

마을에 낯선 사람이 들어서면 처음 감지한 개가 짖는다. 그가 한 발자국씩 마을 안으로 들어서면 또 다른 개가 짖고, 점점 더 깊이 들어오면 동네 개가 다 짖는다. 우리는 방안에 앉아서도 누군가 외부인이 들어왔다는 걸 알아차린다. 그가 대문 앞에서 헛기침하면 그 소리만으로도 그가 누군지 알 수 있다. 헛기침도 없이 낯선 사람이 들어서면 개는 사정없이 짖어댄다. 그때 개는 숨도 쉬지 않고 짖는 것 같다. 가만히 한 자리에 서 있지도 못하고 이리저리 뛰면서 짖는다. 눈으로 보지 않고 소리로서 우리는 누가 왔는지 무슨 일이 벌어졌는지 감지했다.

한겨울밤에 듣는 소리 중에는 다듬이 소리가 가장 격정적이다. 대청 안 한쪽 모서리에는 항상 다듬잇돌이 있었다. 그 돌은 무거워서 아이들이 들기에는 벅찼다. 윗면은 매끄럽고 등이 굽었다. 농사일이 한가한 겨울에 엄마와 할머니는 이불 홑청과 삼베옷, 무명옷을 빨아서 말리고, 그 위에 물을 뿌려 눅눅하게 만들었다. 그리고 차곡차곡 반듯하게 접고 다듬잇돌에 올렸다. 양손에 방망이를 들고 혼자서 두들기기도 하고, 두 사람이 마주앉아 하나씩 두들기기도 했다.

삼베와 무명으로 된 천은 재료부터 옷감까지 전부 우리 집에서 만든 것이었다. 이른 봄에 씨앗을 뿌리고 뜨거운 여름이면 목화

솜을 따고 삼베 껍질을 벗겨 실을 뽑고 베틀에 올려 천으로 완성한 것이었다. 빨래해서 그 상태로 두면 뻣뻣하고 면이 거칠지만, 다듬이질을 하면 매끄럽고 면이 고르게 되어 윤이 난다.

그런 광택과 촉감을 살리기 위해 방망이로 두드리는 것이었다. 방망이 소리는 어둠의 적막을 깨뜨리고 방안을 가득 채우고 대청을 가득 채우고 마당을 통과해서 마을을 가득 채웠다. 차가운 겨울바람과 산에서 내려오는 냉기는 다듬이 소리에 묻혀 앞산과 뒷산에서 갇혀버리고 마을에는 다듬이 소리만 떠다녔다.

그 소리는 가락을 지녔다. 율동을 가졌다. 감정을 품었다. 소리의 높낮이와 힘의 강약과 호흡의 간격에 따라 '뚝딱뚝딱', '토닥토닥', '툭탁툭탁', '딱딱딱딱' 계속 바뀌어 갔다. 나는 그 소리에 잠을 깨기도 하고, 그 소리를 들으며 꿈길로 가기도 했다. 그 소리는 감정을 조용하고 차분하게 만들기도 했고, 때로는 용솟음치는 격한 감정을 불러오기도 했다.

많은 소리 중에서 나는 여름밤에 비가 온 후에 흘러내려 가는 개울물 소리가 가장 좋았다. 개울물은 조용히 흐르다가 빗물이 모여서 방안에서도 들을 수 있는 높이로 소리를 내면서 흘렀다. 폭포처럼 세차게 때리는 소리는 쉽게 질려 버린다. 거대한 물줄기로 흐르는 물은 너무 조용하거나 너무 시끄럽다.

'졸졸졸' 가끔 나무토막이나 돌부리에 부딪혀 찰싹 철썩 때리기도 하는 그 소리가 좋았다. 물은 밤이고 낮이고 쉬지 않고 흐른다. 밤에 듣는 개울물 소리는 가슴을 시원하게 해주고 어제와 오늘 그리고 내일을 생각하고 정리하게 해 준다.

개울물 소리를 들으며 개울에 사는 미꾸라지와 피라미가 하늘을 나는 생각을 했다. 굵은 비가 연이어 떨어질 때 미꾸라지는 그 빗줄기를 타고 하늘을 날아오른다. 꿈을 가지고 있는 미꾸라지는 개울이 너무 좁다는 생각을 한다. 그래서 하늘을 나는 꿈을 꾸는데 마침 굵은 빗줄기가 내리면 비를 타고 하늘을 난다. 미꾸라지는 용이 되고 싶어 열심히 먹고 몸집을 불려 장어가 되기도 하고 이제 날 수만 있으면 용이 되는 것이다. 실제로 비가 많이 온 다음 날 우리 집 마당에는 미꾸라지 몇 마리가 기어 다니고 있었다. 개울에서 백 미터도 넘는데 그 미꾸라지가 개울을 뛰어올라 길을 건너고 논을 가로질러 우리 마당까지 올 수는 없었을 것이다. 그 미꾸라지는 분명 용이 되고 싶어 하늘을 날다가 추락한 것임이 틀림없었을 것이다.

개울에 사는 작은 물고기도 더 높은 곳을 향해 날아오르려고 하는데 그보다 힘도 세고 덩치도 크고 머리로 생각도 할 수 있는 내가 하늘을 날지 못할 이유가 있을까. 나는 하늘을 날뿐만 아니라 그때까지 내가 보지 못했던 신비한 세상을 보기 위해 아주 먼 곳까지 가보고 싶었다.

어두운 공간에 가만히 앉아서 개울물 소리를 들으면 개울의 물이 흘러 흘러 먼바다까지 가는 것처럼 내 생각도 끝없이 이어져서 아주 먼 하늘, 저 멀리까지 날아다녔다.

참새 잡기

  농촌에 산다는 것은 축복이 될 수도 있다. 산으로 둘러싸여 있고 물줄기가 흐르고 있는 곳이라면 더욱 좋다. 산에서 불어오는 바람과 신선한 풀잎의 향기, 강에서 날아오는 시원한 물기 머금은 안개, 그 사이에서 한가하게 씨앗을 뿌리고 채소를 가꾸고 곡식을 거두는 농부의 모습, 이런 낭만적인 생활만 이어진다면 더할 나위 없다.

  우리 마을은 산과 산이 끊어지지 않고 맞닿아 있고, 그 사이 팬 계곡에는 물줄기가 마를 날 없이 흐르고 있었다. 집들은 양지바른 곳에 자리를 잡았고 산기슭을 다듬어 밭을 만들었다. 넓지 않은 평지에는 논을 만들었다.

  산은 깊고 물은 풍족하니 목초가 잘 자랐다. 빼곡히 들어선 나무는 산비탈을 가득 채워서 그사이에 들어서면 하늘이 작은 조각조각으로 갈라져 겨우 보일 정도였다. 숲이 울창하고 나무가 풍성하게 자라는 곳에는 많은 동물이 그 자양분을 먹으며 살고 있었다. 마음이 여린 산토끼와 노루도 있고, 호시탐탐 닭을 노리는 너구리와 살쾡이도 있고, 먹이를 가리지 않고 힘이 센 멧돼지도 많았다. 산에는 머루와 다래가 많이 열렸다. 산도라지와 더덕도 군데군데 자랐다. 도라지와 더덕은 가까이 다가가면 특유의 향을 발산해서 금방 자라는 곳을 알 수 있었다. 도토리나무는 사방에 널려 있어 가을이면 도토리가 지천으로 깔려 있었다. 먹을 것이 많이 자라고 있으니 동물들도 먹을게 부족하지 않았다.

재작년에 서울 근교에 작은 텃밭을 마련해서 감자를 심은 적이 있었다. 텃밭은 낮은 야산과 붙어 있었다. 어느 날 아침에 텃밭에 갔는데 감자가 뿌리째 뽑혀서 내던져져 있었다. 아직 제대로 영글지도 않았는데, 발자국을 살펴보니 사람의 흔적이 아니었다. 멧돼지가 저지른 흔적이었다. 주위의 다른 사람들도 멧돼지의 피해를 본 적이 있다고 했다. 그 밭에는 고추와 상추도 심었는데 다른 채소는 건드리지도 않고 감자만 뿌리째 뽑아 버렸다. 멧돼지는 감자의 잎과 냄새를 알고 있는 것 같았다. 멧돼지는 멍청하지 않고 지능 수준이 상당히 발달해 있는 것 같다.

형은 고향 인근에 있는 가족 묘지 옆에 텃밭을 마련해서 상추와 깻잎, 호박과 다른 잎채소를 심었다. 그 밭에는 멧돼지가 내려와서 상추를 다 뜯어 먹어 버렸다. 멧돼지가 먹을 게 없으니까 이제는 상춧잎까지 먹으려 드는 모양이었다. 사람이 동물이 사는 구역을 침범해서 동물은 점점 더 좁은 공간으로 쫓겨 들어가고, 동물이 먹을 양식을 마구 채취해서 사람의 입속으로 넣으려고 하다 보니 동물의 먹거리는 점점 더 부족해질 수밖에 없다. 그 대가로 동물이 사람의 구역을 쳐들어오고 사람의 먹거리를 훔쳐가는 것이다. 동물도 진화하고 있다. 과거에는 몰랐던 사람의 먹거리에 입맛을 맞추어 가고 있다.

사람의 욕심으로 인해 동물은 불가피하게 식성의 변화와 삶의 터전의 변화를 찾고 있다.

내가 어렸을 적에 우리 밭은 산과 바로 붙어 있었고 산에는 지금보다 더 많은 동물들이 살고 있었다. 그때 멧돼지가 감자를 캐먹거나 고구마를 뽑아낸 적이 없었다. 우리는 감자를 넓은 밭 전체에 심었고 고구마를 심기도 했다.

그때는 새들이 많이 달려들었다. 산비둘기와 꿩, 참새가 시도 때도 없이 밭으로 날아들었다. 밭으로 날아드는 꿩은 작물을 해치므로 못 오게 하는 게 가장 좋겠지만, 하늘을 제 마음대로 날아다니는 놈을 방어하기는 쉽지 않았다. 허수아비를 세우고 밭에 기다란 새끼줄을 치고 깡통을 매달아 소리가 나게 하기도 했지만 모두 일시적인 효과뿐이었다. 사람이 머리를 짜내는 만큼 꿩들도 훈련되어갔다. 먹이가 풍성하니 꿩들의 숫자는 기하급수로 늘어가는 것 같았다.

산골에는 채소는 풍성하지만 동물성 단백질은 귀했다. 그래서 밭으로 날아드는 꿩을 못 오게 막는 것보다 그 꿩을 잡아먹는 것으로 방향을 바꾸었다. 꿩은 콩을 좋아한다. 콩에 작은 구멍을 뚫고 그 안에 약을 넣어서 밭과 산기슭에 뿌려 놓는다. 다음날 가보면 콩을 쪼아먹은 꿩이 나둥그러져 있는 게 보인다. 그렇게 해서 꿩을 많이 잡았다.

꿩은 손질해서 국을 끓이는데 육질은 질기고 살점도 많이 붙어 있진 않다. 야생에서 살아남기 위해 활동량이 많아서 근육이 탄탄하고 물렁살이 없이 매끈하다. 고기맛보다는 국물맛이 시원하고 좋다. 무를 잘게 썰어 넣고 고춧가루를 듬뿍 넣고 끓이면 십년 묵은 체증도 확 뚫릴 만큼 시원하게 내려간다.

꿩은 수컷인 장끼가 더 아름답다. 꽁지의 깃도 더 길고 몸을 덮고 있는 털의 색깔도 더 화려하다. 장끼는 깃과 털을 곱게 뽑아서 장식용으로 방이나 대청에 꽂아두기도 했다.

가장 많이 날아드는 것은 참새였다. 참새는 수를 헤아릴 수도 없이 많았다. 논과 밭을 가리지 않고 덤벼들었다. 집 뒤의 수풀에도 날아다니고, 감나무 위에도 앉아 있고, 지붕꼭대기와 마당에도 수시로 날아오고 가고 했다. 벼 이삭이 굵어지는 늦여름부터는 참새떼 때문에 농부들의 가슴은 애간장이 타서 새까맣게 변해 갔다.

참새는 나쁜 짓만 골라서 하는 것은 아니다. 참새는 잡식성이라 벌레도 잡아먹고 열매도 따 먹는다. 봄부터 여름까지는 주로 알을 낳고 새끼를 키우는 시기이므로 밭에 있는 벌레도 잡아먹고 논에 있는 메뚜기도 잡아먹는다. 이럴 때는 효자 노릇을 하는 셈이다. 그러나 곡식이 익어가고 수확이 이루어질 때는 골치가 아프다.

아침저녁으로 선선한 바람이 불기 시작하면 마당은 곡식으로 가득 찼다. 콩, 팥, 참깨, 수수 등을 비롯해서 나락까지 마당에 멍석을 깔아놓고 말렸다. 비가 오면 빨리 거둬들여야 하므로 해가 쨍쨍 날 때 널어 두었다가 빠른 시간에 말리는 게 가장 좋고, 하늘이 침침해지면 빗방울이 떨어지기 전에 재빨리 거둬들여야 고생을 덜 했다. 문제는 참새였다. 참새는 이 절호의 기회를 놓치지 않고 새까맣게 몰려들었다. 쫓아내면 또 오고 쫓아내면 또 오는 걸 반복해야 했다. 그러니 한때는 예쁜 짓을 하다가 또 한때는 미운 짓을 하는 것이다.

어느 날 아버지는 "참새를 좀 잡아보자"고 하셨다. 날아다니는 새를 잡는 게 쉬운 일이 아닌데 무슨 말인가 하고 생각했다.

우리 집 대청마루에서 바라보면 왼쪽에 아래채가 있고 오른쪽으로 조금 떨어져서 디딜방아와 헛간을 둔 초가가 있었다. 그 두 초가의 사이는 트인 공간이었는데 마당에 있던 새를 쫓으면 새들은 그 공간 쪽으로 달아났다. 아버지는 그 공간에 커다란 그물을 치기로 했다. 아래채의 끝 지붕에 막대를 세워서 그물을 매고 오른쪽은 헛간 채 너머에 있는 감나무에 그물을 매었다. 그물의 높이는 지붕 위로 솟아오를 만큼 높았고 폭은 장정 서넛이 팔을 벌릴 만큼 넓었다.

아버지는 이런 생각을 어떻게 했을까? 아마 고기 잡는 그물을 연상했던 것 같다. 낚시로 고기를 잡으려면 몇 시간을 꼼짝없이 기다려야 하지만 그물을 던지면 한 번에 수십 마리를 잡을 수 있으니까. 어쨌든 이런 방식으로 참새를 잡는 것은 그전에도 그 후에도 본 적이 없다.

그날 마당에 멍석을 펴고 나락을 골고루 흩어 놓았다. 참새가 많이 몰려들도록 아무도 마당으로 나가지 않고 기다렸다. 아버지와 나는 막대기를 들고 툇마루에 앉아 지켜보았다. 한참 지나자 참새들이 새까맣게 달라붙어 나락을 쪼아대고 있었다. 아버지는 이때다 싶어 막대기를 바닥에 후려치며 고함을 질렀다. 나락을 쪼아대던 참새들은 일제히 날아서 도망쳤다. 참새가 날아가는 앞에는 그물이 기다리고 있었는데 참새도 그렇게 멍청하게 당하지는 않았다. 재빠른 놈들은 그물을 발견하자 순식간에 방향을 바꿔 그물 밖으로 빠져나갔다. 그렇지만 강직하게 '돌격 앞으로!'만 외치는 참새도 많았다. 이런 참새들은 모가지가 그물을 뚫고 대롱대롱 매달렸다. 날개를 퍼덕거리고 다리를 뻗대 보지만 빠져나가지 못했다.

대략 다섯 마리 중 한 마리는 걸려든 것 같았다. 매달린 참새들이 퍼덕거리며 그물은 연신 출렁거리고 있었고 그것을 보는 나는 참 재미있었다. 그때는 그놈들이 불쌍하다는 생각은 갖지 못했다. 지금이라면 불쌍하다는 생각을 가질까? 그것도 자신하지 못하겠다. 그만큼 그것은 재미있었고, 어른들로서는 괘씸한 놈들에게 벌을 줘야 한다는 생각이 강했다.

예전에는 참새도 보양식이라고 해서 몸이 허약한 사람이나 노인들에게 좋다고 했다. 조그만 게 구워놓으면 갓 태어난 병아리만 하다. 먹을 게 부족하던 시절이라 이런 작은 새에게도 보양식이란 지위를 부여했던 게 아니었을까. 뜨거운 물을 붓고 털을 뽑은 뒤에 석쇠에 올려 구웠다. 구워놓은 걸 보면 눈알이 동그란 게 놀라서 쳐다보는 것 같아서 선뜻 손이 가지 않는다. 씹어보면 맛은 괜찮다. 꼬들꼬들하고 쫄깃한 느낌이 든다.

긴 겨울밤에 친구들과 만나서 마땅히 할 만한 놀이가 없을 때는 참새를 잡기도 했다. 시골에는 초가집이 많았는데 서까래의 끝 부분과 지붕이 닿은 곳에는 작은 틈새가 있었다. 날씨가 추워서 참새들이 그곳을 집으로 삼고 지내는 경우가 많았다.

밤에 사다리를 놓고 손전등을 비추면 사방이 깜깜한 데다 눈이 부셔 참새는 밖으로 뛰쳐나오지도 못한다. 그때 한 마리씩 집어냈다. 아주 드문 경우지만 참새를 잡으려고 손을 밀어 넣었다가 미끌미끌하고 물컹한 걸 만질 수도 있었다. 뱀이다.

뱀이 참새를 잡아먹으려고 들어간 건지 그곳을 동면할 곳으로 잡고 들어간 건지 알 수 없지만 뱀을 건드리는 순간 화들짝 놀라게 된다. 놀라서 허둥거리다가 사다리에서 떨어질 수도 있었다. 다행스러운 것은 지붕에 사는 뱀은 독이 없다는 것이다. 대개 능구렁이 종류이다. 이런 순간을 대비해서 손전등이 꼭 필요했다.

책 읽기

도시의 마당, 골목과 거리는 너무 메말랐다. 살아 있는 것들이 꿈틀대는 곳이 아니었다. 생명을 알리는 푸른색, 녹색, 연두색 대신에 회색과 누르스름한 바랜 색들이 지배했다. 바람이 불면 희뿌연 먼지 같은 게 날아오르고 상쾌한 공기 대신에 미지근하게 데워진 공기가 얼굴로 날아들었다.

나는 녹색과 푸른색에 익숙해져 있었는데 회색으로 채워진 공간에서는 너무 갑갑했다. 청량하고 차가운 공기에 길들여져 있었는데 뜨뜻한 공기에서는 차분한 마음을 간직하기가 힘들었다.

학교는 너무 멀었다. 대부분의 학교 친구들이 학교 주변에 살고 있는데 나만 십 리밖에 멀리 있으니 친구와 노닥거릴 수도 없었다. 학교를 마치고 집에 오면 그때부터는 같이 놀아줄 친구가 별로 없었다. 먼 길을 혼자서 걸어와야 하는데 친구와 놀다가 늦게 오는 것은 생각할 수 없었다. 일요일은 하루의 긴 시간을 보내야 하는데 그 하루는 너무 길었다.

　마당은 긴 돗자리 서너 개 펼 수 있을 만큼의 넓이였다. 집 밖으로 나가면 골목길, 좀 더 나가면 차가 다니는 도로, 마음대로 뛰어다닐만한 곳이 없었다. 풀밭에서 여치 잡고 논에서 메뚜기 잡고 개울에서 올챙이를 들여다보던 생활의 패턴이 전혀 적용될 수 없었다.

　집에서 학교에 가려면 영선시장을 지나서 가는데 그 시장 옆에 조그만 웅덩이가 있었다. 못이라 부르기엔 너무 작았고 조경용으로 만든 연못보다는 조금 큰 물웅덩이였다. 가장자리에는 빙 둘러가면서 잡다한 쓰레기들이 쌓여 있었다. 연탄재가 가장 많고 음식물 찌꺼기며 종이, 나무판자 등이 뒤섞여 널브러져 있었다. 물은 시커멓게 멍들어 있었다. 냄새도 나고 여름에는 파리와 모기가 제 세상을 만난 듯이 설쳐댔다.

　겨울에는 그 웅덩이가 얼어서 얼음판을 형성하고 있었다. 추위에 모기와 파리도 사라졌고 냄새도 잠시 숨을 죽이고 있었고 주변으로 삐질삐질 새어 나오던 즙 같은 물기도 땅속으로 파고들고 있었다. 동네 아이들이 그곳에서 앉은뱅이 스케이트를 타고, 얼음치기도 하면서 겨울을 보내고 있었다. 나는 도저히 그곳에 발을 들여놓을 엄두가 나지 않았다. 그 흐르던 즙 같은 물기가 발끝에 닿을까 봐 빙 돌아서 먼 길을 둘러 다녔다. 그것은 물도 아니고 얼음도 아니고 못도 아니었다.

　그 아이들에게 내가 살던 고향의 개울을 보여주고 싶었다. 겨울이면 개울은 꽁꽁 얼어붙어서 층계를 만들고 있었다. 얼음은 깨끗하고 투명했다. 얼음 아래의 숨구멍을 통해 물이 흐르는 것도 볼 수 있고 작은 고기들이 돌아다니는 것도 볼 수 있었다. 그 얼음 위에서 하루종일 스케이트를 타고 놀아도 지겨운 줄을 몰랐다.

겨울이 시작되면 스케이트를 만들었다. 양발을 올리고 앉으면 조금 여유가 있을 만큼 직사각형의 나무판을 만들고 그 아래에 길쭉한 막대를 오른쪽과 왼쪽에 대고, 막대의 아랫부분을 삼각형으로 깎아내고, 삼각형의 끝 선을 따라 막대 밑에 굵은 철사를 붙인다. 그 철사가 얼음과 맞닿으면서 미끄러진다.

나는 어려서 나무판을 자르거나 굵은 철사를 구부리는 것은 아버지나 형에게 부탁했다. 작은 못을 치는 것은 내가 할 수 있었다. 마지막으로 발판 위에 고무줄을 붙였다. 얼음 층계를 뛰어오를 때 발이 빠지지 않도록 하려면 고무줄로 고정해야 했기 때문이다. 개울은 얇은 청석이 층계를 이루고 있었는데 그 층층이 얼음이 얼어붙어 뛰어오르고 미끄러져 내려오고 하면서 즐겼다.

층계를 뛰어오르는 건 쉽지 않다. 기술도 필요하고 팔과 다리의 힘이 필요하다. 나는 어려서부터 그 얼음판에서 살았기에 그 정도는 가뿐하게 뛰어넘었다.

이런 시골의 천연스케이트장에서 놀다가 시장통 옆의 웅덩이를 바라보면 그건 얼음도 아니고 놀이터도 될 수 없었다.

도시의 하루는 너무 지루했다. 빨리 방학이 되기를 기다렸다.

방학이 되면 시골로 가서 산과 들에 묻혀 살았다. 가끔 '소 먹이러' 갔는데, 소가 풀을 뜯어 먹도록 소를 산으로 데리고 가서 풀어 놓는 것을 '소 먹이러' 간다고 했다.

소는 하루종일 나뭇잎과 풀을 뜯어 먹고 독초와 약초를 가리지 않고 뜯어 먹었다. 사람에게는 독초지만 소에게는 독초가 아닌지 가리지 않고 잘 먹었다.

해가 뉘엿뉘엿 산 너머로 떨어질 무렵이면 소를 끌고 집으로 돌아오는데, 소는 돌아오는 내내 쉬지 않고 입을 우물거렸다. 낮에는 뜯어 삼켜서 배 속의 여물통에 넣어두고 돌아올 때부터 그걸 끄집어내서 우물우물 씹는 것이다. 소는 집에 와서도 계속 우물우물 씹고 밤에도 씹고 있었다. 신선한 채소를 마음껏 저장해 두고 오랫동안 나눠서 먹는 것 같았다.

나는 소가 되새김질하는 것처럼 그렇게 살았다. 마음이 답답하거나 하루가 지루할 때는 방학 때 시골에서 물장구치고 미꾸라지 잡던 기억들을 끄집어내면서 마음을 다독였다. 내 기억의 저장고도 소의 여물통만큼이나 컸는지 생각의 실타래는 끊임없이 나왔다. 추억은 생각을 불러오고, 생각은 상상의 날개를 타고 고향 마을과 대구를 날아다녔다.

5학년 무렵이었던가 교실 뒤편에 책이 꽂혀 있었다. 집에 있던 책 중에 읽지 않는 책을 학교에 기증한 것을 교실에 비치해 놓은 것이었다. 나의 지루한 시간을 보내기에는 아주 좋은 것이었다.

모두 아동용 책이었는데 그중에 위인전이 있었다. 세종대왕, 최영 장군, 원효대사, 이성계, 성웅 이순신 같은 책이었는데 그 책들을 집에 가져가서 다 읽었다.

아버지가 담임으로 있던 3학년 교실에도 책이 꽂혀 있었는데 수업을 마치고 아이들이 없을 때 그 교실에 가서 위인전을 골라서 읽었다. 그러던 어느 날 아버지는 나에게 아이들 시험채점을 하라고 하셨다. 나는 그 반의 아이들을 대강은 알고 있었다. 시험 채점을 해서 오른쪽 상단에 점수를 적고, 그 옆에 메모를 적었다. '공부 좀 더 해', '잘했어요', '계속 잘해요' 뭐 이런 내용이었던 것 같다. 채점을 끝내고 시험지를 책상 위에 올려놓고 집으로 오는데 아무래도 마음이 찜찜했다. 메모를 적을 때는 신나게 적었는데 막상 돌아서니 뭔가 잘못을 저지른 것 같아서 걱정되기 시작했다.

'왜 내가 그런 글을 썼을까. 아버지에게 혼나는 것 아닐까?' 이런 생각을 하면서 두근거리는 마음으로 기다렸는데 아버지가 오셨다.

"시험지에 그런 거 적으면 안 돼. 앞으로는 그러지 마."

꾸지람하는 말투가 아니라 그저 평상시에 하는 어조로 그렇게 말씀하셨다. 그 후로는 그것에 대한 얘기는 일체 없었다. 혼날 것을 각오하고 있었는데 너무 쉽게 끝나버리니까 오히려 이상한 느낌이 들었다. 아버지는 항상 말을 절제했다. 말을 많이 한다는 것은 그만큼 필요 없는 말을 할 기회도 늘어난다는 것을 깨닫고 있었다. 때로는 너무 말수가 적다는 것을 느낄 경우도 많을 만큼 말이 적었다. 그러다가 술을 마시는 날은 말이 많아졌다. 술기운이 말의 절제를 무장 해제시켜 버리는 것 같았다. 그렇지만 술의 힘을 빌려서 하는 말은 정말 들어주는 사람으로서는 고역이었다.

말을 절제하는 것보다 더 어려운 것은 감정을 절제하는 것이다. 화가 날 때 가슴에는 돌멩이 같은 응어리가 맺히고 그 응어리의 기운은 얼굴로 뻗쳐서 얼굴이 붉으락푸르락해진다든지 얼굴의 근육이 긴장한다든지 해서 상대의 눈을 속이기가 쉽지 않다. 말은 좀 참을 수 있지만, 가슴속에서 끓어오르는 감정을 절제하는 것은 그래서 어렵다.

그날 아버지는 감정도 평온하게 유지하며 말도 그 한마디로 끝을 냈다. 이런 것이 아버지의 방식이었던 것 같다. 야단을 치고 나무라고 장황하게 설교를 하는 것보다는 '나는 너를 믿는다'는 마음을 심어주려고 했던 것 같다. 시간이 지나고 내가 점점 성숙해지면서 느낀 것은 그렇게 일관성을 유지하는 게 어렵긴 하지만 효과는 훨씬 크다는 것을 알았다.

교실에 있던 책을 다 읽고 나니 더 읽을 게 없었다. 이제 막 책에 대한 재미를 붙였는데 그 재미가 곧 끝날 지경에 이르렀다. 도시로 나와서 처음으로 재미있는 일거리를 찾았는데 시골에서는 읽을 책도 없었고 읽을 시간도 없었다.

집에도 위인전을 가진 친구는 아무도 없었다. 그러니 책을 읽으면 재미있다는 것도 몰랐다. 책을 읽으면서 알게 된 건데 도시에서는 집에 교과서 이외의 책을 가진 아이들이 많다는 것이었다.

그러던 중에 옆집에 사는 친구에게 놀러 갔더니 걔는 괴도 루 팡 전집을 갖고 있었다. 그의 형이 은행에 다니고 있었는데 그에 게 비싼 전집을 사줬다고 했다. 그는 몇 권 읽다가 말고는 그저 장식용으로 책꽂이에 꽂아 두었었다. 나는 괴도 루팡이 누군지도 몰랐다. 그게 유명한 소설인지도 몰랐다. 그저 읽을 책이 있으니 한 권을 빌려왔다.

그날 밤 나는 밤늦게까지 잠을 자지 못했다. 신출귀몰한 루팡 의 훔치는 수법에 매료되었고, 그것을 찾아내는 명탐정 셜록 홈 스의 활약에 빠져들었다.

물건을 훔친다는 것은 나쁜 짓이지만 루팡의 도둑질은 신기에 가까웠고 재미를 느끼기에는 충분했다. 나는 그 책으로 인해 책 을 읽는 재미를 확실히 알았다. 그 후 걔가 가진 나머지 책도 쉬 지 않고 다 읽었다. 그 전집을 다 읽고, 그 전에 읽은 위인전을 합 해서 나는 갑자기 어른이 된 것 같은 생각이 들었다.

친구들은 만화를 즐겨 읽었다. 그렇지만 나는 만화에서 재미를 찾지 못했다.

'캭', '카…', '윽!' 이런 단어 몇 자로 한 페이지를 다 채우고 나머 지는 그림만 깔린 만화는 시시했다. 내가 끝까지 읽은 만화는 단 한 권이었다. 『아랑과 오랑』이라는 책이었는데 그때 너무 재미있 게 읽어서 수십 년이 지난 지금도 그 제목을 기억하고 있다. 그 이후로 어른이 되어서도 나는 만화는 잘 읽지 않는다. 그렇지만 글로 쓰인 책들은 종류를 가리지 않고 잘 읽는다. 아마 처음 읽은 책에서 너무 황홀한 느낌을 받은 영향이 아닌가 생각된다.

어느 날 아버지가 말씀하셨다.

"너한테 위인전을 사주고 싶지만 그걸 사주면 공부는 하지 않고 책만 읽을까 봐 안 사준다"라고.

아버지는 내가 책을 좋아한다는 것은 알고 있었는데, 내 몸은 초등학생의 크기지만 마음은 이미 어른의 크기가 되어있다는 사실은 몰랐던 것 같았다. 우리 형제 다섯이 학교에 다니고 있었는데 아버지의 월급으로 감당하기 어렵다는 걸 이미 알고 있었다. 그것은 위인전을 읽고 영웅과 위인들이 어떻게 생각하고 살았는지를 깨닫고 난 뒤였기 때문이다.

조상님께 문안 인사

생명이 붙어 있는 것은 다 저마다의 살아가는 방식이 있다. 작은 테두리이든 큰 테두리이든 사회적인 연대를 갖게 되고 그 연대의 흐름에 맞추어 살아가게 된다. 그 사회적인 연대에서 통용되는 질서에 반하여 혼자만의 질서를 만들어내기는 쉽지 않다. 그 질서란 살아가는 환경이나 기후조건 또는 구성원의 사고의식과 상호 간의 유대관계 등에 의해 형성되어 간다.

제비는 초가집 처마 안쪽에 둥지를 짓는다. 새끼 제비들이 태어나 작고 뾰족한 입을 벌리며 짹짹 짖어대는 걸 보면 귀엽고 앙증맞지만 제비들이 많아질수록 바닥에 떨어지는 제비 똥은 점점 많아져서 지저분해진다.

집주인은 바닥이 더러워지는 게 싫어서 내년에는 제비가 오지 못하도록 제비집을 다 부숴버린다. 그렇지만 다음 해가 되면 제비는 다시 그곳에 둥지를 만든다.

물새는 물가의 풀섶에 둥지를 틀고 알을 낳는다. 홍수가 지면 둥지는 떠내려가고 몸을 가려주던 풀섶도 휑하다. 그래도 물새는 다시 그곳에 살아갈 보금자리를 만든다.

한 세대 전만 하더라도 화장실과 무덤은 집에서 멀수록 좋다고 했다. 화장실은 거처하는 방에서 가능한 한 먼 곳, 마당 끝의 모서리나 대문간 옆에 두었다. 무덤은 집에서 멀리 떨어진 산속의 양지바른 곳으로 정했다.

무덤을 먼 곳에다 마련하는 것은 집안의 세력과도 관련이 있다. 평지도 아닌 먼 산까지 관을 메고 가려면 힘 꽤 쓰는 장정들이 있어야 하고 묘지로 사용할 산도 있어야 하니 땅도 없고 재산도 없는 사람들에게는 쉽지 않은 선택이었다. 자연히 마을에서 머슴을 둘 수 있는 집일수록 먼 곳으로 묘를 만들었고, 그럴 수 없는 빈곤한 집일수록 가까운 곳에다 묘를 만들었다.

관습이란 많은 사람들이 좋다고 생각하는 것, 편리하다고 느끼는 것, 윤리와 도덕에 합당하다고 판단하는 것들이 오랜 기간 쌓이면서 만들어지는 것이다. 따라서 삶의 방식이 바뀌고 생활의 행태가 변하면 그동안 지켜오던 관습도 바뀌게 된다.

젊은 사람은 시골을 떠나 도시로 나가고, 사람의 발길이 끊긴 산속의 오솔길은 풀숲으로 바뀌어 어디가 어딘지 분간도 못 하게 되었다. 도시로 나간 젊은 사람들은 나이가 들어도 시골로 돌아오지 않고, 더더욱 산에 묻힌 조상의 묘지를 찾아보지 않게 되었다. 이젠 누구도 산속 깊숙한 곳에 묘지를 쓰려고 하지 않는다. 그곳이 좋은 자리라고 생각하는 사람도 없다. 과거에 선택의 여지가 없어 집 뒤 공터에 묘를 쓴 사람이 거꾸로 행복한 웃음을 짓는 시대가 되었다.

우리 조상님들의 산소는 모두 먼 산골짜기에 모셔져 있다. 한 분이 하나씩의 산을 차지하면서 뚝뚝 떨어져 있다. 고조할아버지는 성지 골에 묻혀 있고, 증조할아버지는 양지 골에, 고조할머니는 버드나무 골에, 증조할머니는 소주 골에 묻혀 있다. 나는 아버지를 따라 산소에 벌초하러 갈 때마다 왜 이렇게 멀고 험한 산에다 산소를 마련했는지 불만스런 생각을 가졌었다. 돌아가신 조상님이 후손들을 너무 힘들게 만드는 것 같았다.

고조할머니의 경우는 특별한 사연이 있다. 그분은 일제시대에 돌아가셨는데 그 당시에는 개별적으로 무덤을 파지 못 하도록 했다. 누구나 공동묘지에 묻도록 했는데 우리 마을의 공동묘지는 갯들 옆의 산기슭에 있었다. 그분도 그곳에 묻혔었는데 증조할아버지는 그게 고인에 대한 불효라 생각하시고 캄캄한 야밤에 무덤을 이장했다. 인부 세 사람을 불러서 아무도 모르게 관을 꺼내서 옮겼는데 그곳이 버드나무 골이었다. 우리 집에서 그곳을 가려면 산을 두 개를 넘어가야 했는데, 한밤중에 관을 메고 산 두 개를 넘는 게 여간 힘든 게 아니었지만 그렇게 해서라도 멀리 떨어지고 양지바른 곳에 묘를 써야 효도하는 것으로 생각했었다.

그렇게 공을 들여 마련한 산소이지만 이젠 찾기가 어렵다. 아버지와 함께 갔을 때도 한 번, 아버지가 돌아가시고 형과 내가 갔을 때도 한 번은 산소를 찾을 수가 없어서 산 아래의 개울가에서 절을 하고 돌아왔다.

"할머니, 저희 눈에 헛것이 끼었나 봅니다. 내년에 올 때는 할머니 혼백이라도 내려 오셔서 길 좀 알려 주세요." 말씀을 드렸으니 내년에는 찾을 수 있겠지 하고.

지금 생각하면 갯들에 그대로 두었더라면 다니기 편해서 후손들이 자주 인사도 할 수 있으니 더 좋았을 텐데 아쉽다.

그 건너편 산에는 증조할머니의 산소가 있다. 그 산은 올라가기가 상당히 가파른데 산 정상을 넘어서 조금 아래에 자리를 잡고 있다. 햇빛이 온종일 머물러 있고 고향 집을 향한 방향이어서 그곳에 모셨다. 따뜻한 곳이란 산 자에게도 좋고, 죽은 자에게도 좋은 모양인데, 사람뿐 아니라 동물에게도 따뜻하고 바람 잘 통하는 곳은 좋은 자리로 치부되는 것 같다. 그곳은 갈 때마다 멧돼지가 놀다 간 흔적이 있었다. 작년에는 봉분 위에서 흙으로 목욕했는지 봉분이 움푹 파여 빗물이 고여 있었다. 형은 "할머니에게는 죄송하지만, 멧돼지가 올라가지 못하게 큰 돌을 올려놓자"고 했다. 어쩔 수 없는 선택이었다. 형과 나, 조카는 주위에 있는 굵은 돌을 모아서 구덩이를 메웠다. 할머니가 너무 무겁다고 하실지 모르겠다.

멀고 힘들다고 매년 하는 벌초를 하지 않을 수도 없었다. 조그만 묘터를 빼고는 전부 풀과 나무로 둘러싸인 곳에서 한 해만 걸러도 잡풀은 봉분 주위를 가득 메워 버렸다. 묘지 가장자리에 둘러서서 묘를 지키는 소나무도 안으로 뿌리를 뻗어서 작은 새순을 돋아내고 있고 진달래도 뿌리를 차츰 봉분 쪽으로 밀어 넣고 있었다.

그곳까지 오르기도 쉽지 않다. 숲이 우거진 동안에는 길도 없고 어딘가에 뱀이 똬리를 틀고 있을 수도 있어 발 들여 놓기가 겁이 난다. 가을바람이 불어 잎이 다 떨어지고 난 뒤에야 마음 놓고 오를 수 있다. 산소는 가파른 산의 중턱을 지나서 자리를 잡고 있다. 오르는 데 힘이 들다 보니 무거운 애초기는 들고갈 엄두가 나지 않고 낫만 가져간다. 아버지와 형, 나와 조카는 낫을 들고 봉분과 주위를 깨끗이 정리하고 잔디만 모습을 드러내게 다듬는다.

잡풀을 베어내고 말끔해진 봉분 위로 가을바람이 불어왔다. 바람은 봉분 아래 부분부터 쓰다듬듯이 넘어와서 내 얼굴로 다가왔다. 그 바람은 조상님의 영혼을 몰고 다닌다. 가장자리를 한 바퀴 돌고 차츰 안으로 들어와서 봉분을 맴돌다가 상석 앞으로 내려온다. 나는 귀신이나 영혼 같은 것을 믿지 않았다. 귀신을 보았다는 것은 그 사람의 심신이 허한 상태였기 때문일 거로 생각했다. 그런데 조상님의 산소에서 부는 바람에는 조상님의 훈기가 있는 것 같고 그 음성이 실려 있는 것 같았다.

산소 옆의 키 작은 갈참나무는 '사삭사삭' 소리를 내며 흔들리고 있었다. 바람 부는 날 할머니, 아버지와 함께 사랑방에 앉아 있으면 마당에 쓸리는 나뭇잎의 소리가 이랬다. 그 소리는 내가 듣던 사랑방의 소리이고, 할아버지의 음성이고, 먼 조상님이 보내는 메시지였다. 나는 벌초를 끝내고 잠시 쉬는 동안의 그 고즈넉하고 조금은 스산한 분위기가 좋았다.

아버지는 가져온 명태포나 과일, 때로는 떡과 함께 술잔을 정성스레 상석 위에 진열했다. 술 한잔을 상석 머리 앞에 골고루 뿌려 주고 다 함께 절을 했다. 이 과정을 아버지는 매우 진지하게 예의를 갖추어 진행했다. 아버지는 이것을 하러 갈 때 "벌초하러 간다"고 했지만 나는 이것이 단순히 풀을 베는 벌초로 규정하기에는 너무 미흡하다고 생각했다. 조상님께 자주 가지는 못하지만 매년 한 번씩 찾아뵙는 문안 인사라 해야 옳을 것 같다.

아버지는 고향을 떠나서 대구로 나온 뒤로는 고향에 다니러 가는 걸 좋아하지 않았다. 마음속으로는 많은 추억이 쌓여 있는 그 땅을 밟고 흙을 만져 보고, 예전 아버지의 아버지와 함께 했던 그 시절을 돌아보고 싶었겠지만, 사업이 실패하고 그것이 마음의 짐으로 남아 있었던 터라 쉽게 그곳을 가지 못했다. 그렇지만 벌초할 때가 되면 빼먹지 않고 새벽 일찍 준비해서 정성스레 다녀왔다.

아마 절을 하면서 조상님께 용서를 빌고 새로운 각오를 다짐했던 것 같다.

가족묘지

아버지는 전통을 지키는 것에 대해서는 매우 엄격했다. 제사는 꼭 밤 12시가 넘어서 지내야 했다. 귀신은 해를 싫어하므로 해가 완전히 숨는 시간, 그리고 하루가 막 시작되는 시간, 하루 중 가장 소음이 적고 조용하고 맑은 기운이 서리는 시간을 택해서 지냈다. 우리가 시골에 살 때도 그랬고, 대구로 와서도 변함없이 이런 관례를 지켰다. 그 시간은 잠을 자야 할 때인데 잠시 자다가 일어나서 제사를 지내고 나면 잠은 저만치 달아나 버리고 새벽까지 잠을 설쳐야 했다. 그때까지 잠을 자지 않고 기다리자니 눈꺼풀은 천근만근이 되었다. 그렇지만 아버지는 그런 것에 전혀 개의치 않았다.

조상님을 모시는 것에는 정성이 깃들어 있어야 하고 아버지의 아버지가 해오던 규율에서 벗어나지 않아야 조상님의 혼백이 편안히 찾아온다고 믿었다.

내 친구들의 집에서는 그때 이미 저녁 식사에 맞추어 제사를 모시거나 늦게 하더라도 10시경에 하는 것으로 바꾸었다.

할머니가 돌아가셨을 때 할머니의 시신을 대학병원 영안실에 모셨다. 그곳에는 우리 외에도 많은 상가에서 조문을 받고 있었다. 아버지와 나의 형제들은 상주로서 삼베로 만든 상복을 입었다. 그리고 조문을 하러 오는 사람이 있으면 일어서서 곡을 했다. 상주가 곡을 하니 조문객 중에서도 예전의 예법을 아는 사람은 같이 곡을 하는 사람도 있었고, 그런 것에 개의치 않거나 곡하는 것을 모르는 사람은 그냥 절만 하고 상주와 맞절을 했다. 아버지는 조문객이 고인을 향하여 절을 하고 상주와 인사를 나눌 때까지 곡을 했다.

곡을 하는데도 예법이 있다. 곡을 한다는 것은 할머니가 돌아가셨으니 슬퍼서 운다는 것인데 우는 것도 함부로 울어서는 안 된다. 상주가 곡을 할 때는 "아이고 아이고"라고 해야 하고, 조문객은 "어이 어이"라고 해야 한다. 이것이 뒤바뀌면 고인을 욕되게 하고 집안 망신을 시키는 게 된다. 나는 미리 곡을 어떻게 해야 하는지 물어보고 했는데 이게 처음에는 잘 되지 않았다. 그 때까지 한 번도 곡을 해본 적이 없었을뿐더러 그전에 다른 집에 여러 번 조문을 갔었지만 곡을 하는 곳은 없었다.

대학병원 영안실은 많은 사람이 조문을 오고 가고, 하루에도 몇 번씩 장례절차가 진행되는데 우리만 곡을 하자니 나는 아주 낯선 곳에 온 기분이었다. 몸은 20세기에 있지만, 영혼은 조선 시대로 돌아간 느낌. 하지만 아버지는 그런 것에 전혀 움츠러들지 않고 예전부터 내려오는 관습을 꿋꿋이 지켰다.

가정에서는 남자의 체통을 중시했다. 남자와 여자는 하는 일이 다르다는 원칙을 고수했다. 아버지는 어린 나이에 집안의 장손으로 대접받았다. 할아버지가 일찍 돌아가셔서 아버지의 역할이 매우 중요해졌다. 그때까지만 하더라도 집안의 대를 잇는다는 것과 조상님의 제사를 모시는 것은 집안의 가장 중요한 과제였다. 이 역할의 수행자가 아버지였기에 증조할머니와 할머니는 아버지에게 전통의 예법과 남자의 체통과 행동거지에 대해 많은 주의를 기울였다. 그로 인해 아버지의 권위와 무게감은 상당히 높아졌지만, 한편으로는 책임감과 의무감의 무게도 늘어났을 것이다.

아버지가 부엌에 들어가는 것은 본 적이 없다. '남자가 부엌에 드나들면 집구석이 망한다'는 생각을 가지셨다. 안방에 앉아서 물을 찾을 때는 엄마를 불러서 물 한잔을 가져오게 했다. 식사준비는 당연했고 간식으로 과일을 먹을 때도 직접 부엌으로 들어가는 일은 없었다.

어릴 때부터 혈통의 계승자로서, 또 제사를 주관하는 자로서 철저한 가르침과 대접을 받아온 탓에 아버지는 전통을 준수하는 데 별로 흔들림이 없었다. 그러한 아버지가 가장 먼저 전통의 방식을 바꾼 것이 가족묘지였다.

환갑을 넘긴 뒤로 아버지는 스스로 몸이 예전 같지 않다는 걸 느꼈던 것 같다. 이미 위암 수술을 한 적이 있고 잠시 끊었던 술은 다시 마시고 있고, 아무래도 육체가 쇠락하는 속도가 보통 사람보다는 빨랐을 것이다. 발을 디딜 때, 걸음을 걸을 때, 화분을 들어 옮길 때, 벽에 액자를 걸기 위해 못을 박을 때, 이때마다 몸이 받아들이는 반응이 차츰 느려지고 힘들어지는 것을 느꼈을 것이다.

그렇더라도 그것을 말로 표현하는 일은 잘 없었다. 배가 많이 아프면 서랍 구석에서 알약 하나를 찾아내서 꿀꺽 삼키는 것으로 끝이었다. 아프다, 힘들다, 괴롭다, 하물며 기쁘다는 말조차 쉽게 하지 않았다. 남자가 말이 많은 것은 남자의 체통과도 관련 있다는 생각이었다.

몸이 늙어간다는 걸 느끼면서 묘지에 대하여 고민을 하셨다. 조상님들처럼 고향 산골로 들어가야 하나? 어느 산으로 가야 하나? 그리로 가면 훗날 아들이며 손자들이 찾아 오기나 할까? 하는 생각.

조상님들의 산소에 벌초하러 다니면서 이런 고민에 대한 답을 많이 찾은 것 같다. 예전 같지 않아 사는 곳과 너무 멀리 떨어져 있으면 자식도 부모 묘를 찾지 않는 게 요즘의 세태라는 걸. 실제로 우리 산소 가는 길에는 다른 집 산소도 여럿 있지만 찾아주는 후손이 없어 폐묘가 된 곳도 많다. 봉분은 무너져 내리고 잔디가 있어야 할 자리에는 잡초가 뿌리가 굵어져 나무기둥처럼 보이는 곳도 많다.

죽음을 피할 수 있는 재주는 없고, 피할 수 없다면 죽은 뒤에 자식들과 손자들이 자주 찾아올 수 있는 곳, 나들이 삼아 와서 한나절을 즐겁게 보내다 갈 수 있는 곳, 이왕이면 물과 산이 어우러져 경치가 좋은 곳, 그리고 앞으로 자손 대대로 한 곳에 묻힐 수 있는 곳, 이런 곳에서 영원한 잠을 자고 싶어 했다.

어느 땐가 명절날 밤이었다. 낮에 모였던 사람들이 다 집으로 돌아간 뒤 아버지는 말을 끄집어내었다.

"내가 밭을 하나 사려고 하는데 니가 돈을 좀 보태야겠다."

"밭을 사서 어떻게 하시려고요?"

"그 밭을 우리 가족의 묘지로 하면 좋을 것 같아서. 밭이 1,200평인데 앞으로 대대로 우리 가족이 들어가도 부족하지 않을 거야. 그런데 밭이 커서 돈이 모자라."

설령 그 밭을 사서 가족묘지로 하지 않고 고추를 심는다고 하더라도 나는 아버지의 결정을 따랐을 것이다. 그런데 아버지와 엄마 그리고 나와 형제들이 묻힐 곳이라는데 거역할 이유가 없었다.

그곳은 아버지가 사후에 들어가고 싶어 했던 조건에 딱 들어맞는 곳이었다. 밭 앞으로는 시외버스가 다니는 포장도로가 있고 도로 옆은 제법 넓은 냇물이 흐르고 있고, 냇물을 따라서 둘레길이 조성되어 있고 그 길을 따라가면 관광지로 알려진 방호정이 있다. 아버지가 염원하던 곳, 자식들이 아무 때나 편하게 올 수 있고 사람의 훈기가 끊이지 않는 곳, 그런 곳에 딱 부합되는 곳이다. 그곳에 서서 앞을 바라보면 전망이 좋다. 앞이 확 트여 막힘이 없어 가슴이 후련하다. 여름이면 물놀이하러 온 사람들의 소리가 개울가를 거쳐 밭과 묘지 전체를 배회한다.

지금 그곳에는 할아버지와 할머니, 아버지의 묘가 있다. 아버지 묘 옆에는 엄마가 들어갈 자리를 위해 같은 크기로 잔디를 가지런하게 가꾸어 놓았다. 땅의 모양이 오른쪽이 조금 높고 왼쪽으로 비스듬히 내려오는데 아버지의 생각은 왼쪽으로 계속 묘지를 형성해 나가려고 했다. 아버지는 그곳을 공원처럼 꾸미기 위해 공을 많이 들였다. 주말이면 가서 잡초를 뽑고 잔디를 다듬었다. 배롱나무를 양쪽 모서리에 심어 백일동안 붉은 꽃이 피어 있도록 했고, 봄맞이를 위해 순백의 목련도 심고, 고향 집 뒤꼍에 있던 감나무를 그리워하며 감나무도 심었다. 사철 푸르름을 보고 싶어 향나무도 심고, 특별한 것은 자식들의 건강을 위해 가시오가피도 심은 것이었다.

아버지는 뜻대로 그곳에서 영원히 깨지 않는 잠에 들어갔는데 그 이후의 계획은 생각했던 대로 될지 의문이다. 아버지가 생각 못 했던 전통의 예법이 또 있는 모양이다. 예법이란 게 문자로 적어서 모든 사람에게 일률적으로 지키도록 하는 게 아닌 이상 말하는 사람과 듣는 사람에 따라 달라질 수도 있다. 지역에 따라 다를 수도 있고 문중에 따라 다를 수도 있고, 문중 내의 종파에 따라 다를 수도 있는데, 그것을 지키느냐 지키지 않느냐의 문제만 남아 있다. 보통 사람들은 '이왕이면 다홍치마'라는 생각이 있어 좋지 않다는 말이 있으면 그것을 피해가려고 한다. 그래서 아버지의 뜻이 이어질지는 두고 봐야 알겠다.

형은 장남이라서 가계를 잇는 책임감이 강하다. 문중 제사에도 꾸준히 참석하고 대종회에서 벌이는 행사에도 참석해서 종친의 어른들과의 유대관계도 잘 유지하고 있다. 이런 일은 사명감이 없으면 잘 못 한다. 돈은 되지 않고 오히려 돈 쓰는 일만 늘어날 수 있으니 신세대의 젊은 사람들은 거의 외면하고 지낸다. 그렇지만 혈통과 전통이 없이 오늘의 내가 있을 수 없으니 그 일에 열심히 참여하는 것은 매우 중요한 일임에 틀림없다.

그런 자리에서 들은 얘기가 많은 모양이다.

오른쪽 가장자리부터 묘를 써서 맨 위에 할아버지와 할머니, 그 아래에 아버지와 엄마의 자리가 있는데, 그 아래는 터가 좁아 정상대로라면 왼편으로 옮겨서 또 위에서 아래로 내려와야 한다. 형과 형수, 나와 아내, 동생과 제수 이런 식으로. 이렇게 묫자리를 쓸 경우 형의 자리가 아버지보다 높은 위치가 된다. 이것이 예법에 어긋난다는 것이다. 자식이 부모보다 높은 위치로 가서는 안 된다는 것이다.

방법은 한가지 있다. 시신을 매장하지 않고 화장해서 재와 가루를 묻을 때는 괜찮다는 것이다. 시신은 안되고 시신을 가루로 만든 것은 되고, 예법을 말한 사람은 어떤 생각을 가졌었는지 궁금하다. 앞으로 그곳에 묻히려면 화장을 하던지, 아버지의 아래 자리에 조그맣게 웅크리고 있든지 해야 할 판이다. 수십 년이 될지 수백 년이 될지 모르지만 오랜 세월을 웅크리고 지내려면 너무 불편하지 않을까 나는 그것도 너무 궁금하다.

현실생활에서 전혀 쓸모없는 이런 예법을 굳이 지킬 필요가 있을까 하는 생각을 나 혼자는 갖고 있다. 예법이라는 게 살아가는 사람의 편의를 위해 생긴 것일 텐데 생활의 양상이 계속 바뀌는 현대에서는 오늘에 적합한 방식으로 바꾸는 것도 나쁘지는 않을 거라는 생각을 하고 있다. 형은 나와는 좀 다른 것 같다. 이왕이면 세간의 입방아에 오르지 않는 쪽으로 결정을 내리자는 것이다. 결국은 형의 생각대로 가게 될 것이다. 살아가는 일로도 형제가 다투지 않았는데 죽어가는 일로써 형제가 다툴 필요가 있을까?

아버지라면 어떤 판단을 내릴지 궁금하다.

사라지는 것들

지난해 깜짝 선물을 받았다. 고향 마을에 내 초등학교 때 친구가 농사를 짓고 있는데 사과 한 상자를 보내 왔다. 내가 이사한 지 7년이나 되었는데 그 집으로 사과를 보냈고, 그 집에 사는 사람은 나에게 집을 양도받은 사람이 아니고 또 다른 사람이 이사를 왔는데 그 전혀 모르는 낯선 사람이 나에게 전화를 했다. "포장 박스에 주소와 전화번호가 정확히 기재되어 있는 걸 보니 이집에 살던 사람인 것 같아서 전화합니다. 택배가 왔으니 가져가세요."

20여 년 전 동창회명부를 만든다고 하기에 주소를 알려준 적이있는데 그걸 보고 연락도 없이 사과 한 상자를 보낸 것이었다. 그친구는 학교에 다닐 무렵 가정형편이 무척 어려웠다. 그의 아버지는 허리를 다쳐 병원 신세를 많이 져야 했고, 농사일할 수도 없는데 병원비를 감당해야 하니 먹고 사는 게 너무 힘들었다. 장남인

그는 아버지 대신 농사일을 해야 가족의 생계를 꾸릴 수 있었다. 그래서 학교도 많이 다니지 못했고 많은 친구들이 도시로 나갈 때 그는 고향에서 농사일에 매달렸다. 물려받은 논밭도 없어서 그저 열심히 몸으로 때우는 일을 게으름피우지 않고 했다. 그렇게 해서 돈이 조금 모이면 밭을 조금씩 사들여서 자신의 농사를 만들어 나갔다.

도시로 나간 친구들이 학교에 다니고, 공장을 다니고, 직장을 구해서 업무를 볼 때도 그는 새벽부터 밤까지 밭에서 작물을 키우며 살았다. 그렇게 해서 조금씩 불린 밭이 지금은 삼천 평이 되었고 그곳에는 전부 사과를 재배하고 있다. 그는 어릴 때부터 부자 농부를 꿈꿨다. 너무 가난에 시달렸기 때문에 커서 꼭 부자 농부가 되고 싶었다는데 이젠 진짜 부자가 되었다. 가을이면 들녘 전체에 빨간 사과가 주렁주렁 매달린다.

지난해 사과는 풍성하게 열렸다. 햇빛을 많이 받아 빨갛게 빛 좋은 색으로 되었고 씹으면 즙도 많이 나와 볼이 가득 찼다. 자신이 애써 가꾸어 거둔 사과를 오래된 친구에게 맛보여 주고 싶어 보냈다고 했다.

예전 고향에 살 때 할머니와 엄마는 농사를 짓고 수확하면 옆집과 윗집의 이웃에게 맛보라고 나눠주곤 했다. 농사가 잘되면 밭 주인은 기분이 좋고 잘 된 것은 이웃과 나눠 먹는 게 마을의 전통이었다.

농사가 항상 잘되는 것은 아니다. 씨앗을 언제 뿌리느냐, 거름을 언제 주느냐, 종자는 어떤 것으로 썼느냐, 밭은 몇 번 맸느냐, 비는 제 때 왔느냐, 햇빛은 제대로 받았느냐에 따라서 잘 될 수도 있고 농사를 망칠 수도 있다. 농사가 흉작이 되어 걱정하는 이웃이 있으면 옆집, 아랫집이 십시일반으로 보태주는 것도 마을의 전통이었다.

농사일하러 갈 때 방문을 잠그고 나가는 것은 본 적이 없다. 우리만 그런 게 아니라 마을의 모든 집이 다 그렇게 했다. 외출할 때는 방문을 닫고 밖에서 숟가락이나 나무막대기를 문고리에 꽂아두었다. 문을 잠그는 게 목적이 아니라 바람이 불어서 문이 열리지 않도록 하기 위해서였다. 혹시 낯선 사람이 찾아오면 옆집 사람이 대신 손님을 맞아주기도 하고 때로는 주인이 올 때까지 자기 집에 데려가서 응대하기도 했다. 이웃을 믿고 옆집을 믿고 서로가 믿고 살아가는 그런 마을이었다.

그 친구는 예전의 그 아름다운 전통이 생각나고, 어렸을 적의 친구가 그리워서 말도 없이 사과 한 상자를 보냈다. 그사이에 간혹 전화는 했고, 조상님들 산소에 가다가 우연히 만나 반갑게 인사는 했지만 주소를 물어본 적은 없었다. 당연히 한 곳에서 오래 살아가는 걸로 생각했던 모양이다. 마치 시골처럼. 시골에서는 한 집에서 대를 이어가며 살아가고 있으니까.

그는 예전의 아름다운 인정을 그리고 있고 고향 마을의 서로 믿고 살던 따뜻한 마음을 갖고 있지만 이제 시골도 예전의 시골이 아니다. 이웃이 만나서 함께 일을 처리하는 것이 아니라 사건이 생기면 법원에 가서 소송부터 하고 본다. 말로서 화해하거나 해결을 보려고 하지 않는다. 법적으로 해결하자는 것이다.

예전에는 마을에 어른들이 있어서 분쟁이 생기면 그 어른들이 나서서 화해와 조정을 했고, 결론이 나면 서로가 그 사실에 대해 이의를 달지 않았다. 많은 경험과 마을에서의 오랜 유대관계로 얻어진 그분들의 결정을 존중해 주는 것이었다. 이제 시골은 많이 바뀌었다. 사람도 바뀌고 생각도 바뀌고 관습도 바뀌었다.

그 친구도 나의 또 다른 친구와 땅 문제로 소송이 걸려 법원에 몇 번이나 불려다녔다. 이후 소송은 종결되었지만, 그 두 친구는 서로 얼굴 대면도 하지 않는다. 예전 어른들이 화해와 조정을 할 때는 일이 종결되면 서로 웃고 악수하고, 이전의 따뜻했던 마음가짐으로 돌아갔지만, 법적으로 해결된 것은 사건만 해결되고 사람 관계는 오히려 더 악화되는 결과를 낳았다.

그때의 서로 힘을 모으고 아껴주던 아름다웠던 마음들이 사라져 가는 게 너무 아쉽다.

오래된 초등학교의 건물은 그 자리를 온전히 지키고 있다. 일 년에 한 번 정도 보는 것이지만 마을 초입에 들어서면 그곳부터 쳐다보고 그것을 보게 되면 마음이 차분해지며 오래 묵혀져 있던 추억들이 새록새록 솟아난다. 내 어린 시절의 꿈은 그곳에서 시작되었고, 아버지의 선생님의 역할도 그곳에서 시작되었다. 형과 누나, 두 동생의 추억도 그곳에 고스란히 묻혀 있다. 그 운동장에는 아버지의 호루라기 소리가 아직도 맴돌고 있다. 아버지는 호루라기를 박자에 맞춰 불었다. 한 번 불면 차렷, 두 번 불면 열중쉬어, 길게 불면 '시끄럽다 조용히 해'였다. 말은 없어도 소통에 지장이 없었다. 호루라기만 있으면 다 알아서 했다. 급할 때는 아무렇게나 불어도 듣는 아이들이 다 알아서 행동했다. 학교가 가까워지고 그 건물을 바라보면 그 옛날의 꿈같던 시절이 어른거린다.

건물은 예쁘게 단장했다. 빨갛고 파랗게 칠을 해서 예전보다 예뻐졌다. 그렇지만 이젠 학교가 아니다. 아이들이 없다. 뜀틀이 있던 곳, 철봉이 있던 곳, 산기슭에 붙어서 아기자기한 꽃밭이 있던 곳에는 아이들의 숨소리가 들리지 않는다. 이제 그곳은 노인요양원으로 변했다. 아버지의 호루라기 소리가 맴돌고 있는 운동장 한 켠에는 해바라기를 하는 할머니, 할아버지들이 조용히 앉아 있다.

그 때의 친구들이 노인이 되어 그곳에 앉아 있는 걸까. 그렇지만 그런 상상은 하기 싫다. 그곳은 언제나 내 어린 꿈이 살아있는 곳이고, 친구들은 언제나 어린 얼굴로 그곳을 서성거리고 있어야 한다. 그런데 내 생각은 조금씩 빗나가고 있다. 마을에는 아이들이 사라지고 있고 학교는 없어지고 내 추억의 자리에는 허전한 바람만 오간다.

예전의 생명들이 없어졌다는 건 무엇을 뜻하는 걸까. 그것들이 진화되어 모습을 바꾼 것일까? 새로운 생명들로 자리를 대체한 것일까? 종이 소멸하지 않은 걸 보면 그 종이 진화되어 새로운 형태로 변하지는 않은 것으로 보이는데.

어릴 때 메뚜기를 참 많이 잡아먹었다. 메뚜기를 잡기 위해 수수깡으로 만든 통을 들고 논을 헤맨 적이 많았다. 메뚜기의 몸통은 벼잎의 색을 닮아 포릇포릇했고, 눈만 잘 뜨고 있으면 수도 없는 메뚜기가 사방에 붙어 있는 게 보였다. 메뚜기는 통에 담기도 했지만 가느다란 실이나 풀줄기에 꿰어서 다니기도 했다. 이제는 그런 메뚜기가 사라졌다. 논에 메뚜기가 없다는 건 찐빵에 앙꼬가 없는 것과 같은 게 아닐까? 메뚜기가 없어져서 벼 수확이 늘어난다고 좋아해야 할까?

개울에는 미꾸라지가 보이지 않는다. 미꾸라지가 자랄 물도 없다. 개울에는 항상 물이 끊이지 않고 흘러 내렸는데 점차 수량이 줄어들더니 이제는 바닥을 드러내고 있다. 세상이 싫어서 물이 다 증발해 버렸나? 사람의 해코지가 너무 심해서 땅밑으로 숨어들었나? 태초에는 사람과 자연은 공존하도록 설계되어 있었다. 시간이 흐르면서 사람의 욕심은 점차 커졌고, 자연과의 공존은 점차 어려워져 간다.

물이 사라진 개울 바닥은 바싹 마른 명태처럼 푸석푸석거리고 물가의 물풀이 있던 자리에는 메마른 줄기만 남아 마치 생선 가시처럼 허옇게 널브러져 있다. 생명이 있어야 할 곳에 생명이 없다는 걸 알게 되면 가슴 한 쪽이 텅 비어버리는 것 같다.

어릴 때의 꿈은 별을 보면서 시작되었다. 원두막에 누워 하늘을 올려보면 검은 허공에 무수한 별들이 반짝거리고 있었다. 석

류를 잘라보면 그 속에는 발갛고 투명한 알갱이들이 미어터질 듯이 박혀 있다. 검은 창공에 박혀 있는 별들은 그만큼 많이 빛나고 있었다. 그보다 한참 후에 윤동주의 별과 바람과 시를 읽었지만 그의 시를 읽기 전에도 하늘의 별을 보며 꿈을 그리고, 엄마와 아버지를 생각하고, 멀리 있는 친구를 그리워했다. 캄캄한 밤하늘의 별을 보면 누구나 가슴에 꿈을 채우고 사랑을 느끼고 희망을 품게 되고 연민의 정도 가지게 된다. 나의 모든 감정의 고향은 고향 마을의 별에서 시작되었다.

그렇게 깨알을 쏟아부은 것처럼 많던 별들이 이제는 드문드문 보인다. 별은 어디로 갔을까? 별도 산골이 싫어서 도시로 이사를 한 것일까? 그렇지만 도시에서는 드문드문 보이는 별도 없다.

별이 없어진 하늘에 달이 둥둥 떠 있으면 좋겠다. 작은 달, 큰 달, 무리 지은 달과 외톨이 달, 이런 달들이 촘촘히 박혀 있으면 좋겠다. 달도 없고 별도 없는 산골의 하늘은 이제 마음의 고향이 아니다. 내 가슴에 박혀 있는 고향의 하늘에는 별들이 무수히 반짝이고 있어야 한다. 그때 별을 하나 따서 주머니에 넣어 다닐 궁리를 했다. 마음이 외로울 때, 친구가 없어 심심할 때, 공부가 안 되고 머리가 아플 때, 그때마다 주머니에 든 별을 한 번씩 꺼내보면 좋겠다는 생각을 했다.

하늘에는 별이, 개울에는 미꾸라지가, 논에는 메뚜기가, 그리고 사람들 가슴에는 정이 없어지는 세상은 너무 쓸쓸하고 서글퍼진다.

위암 수술

51세가 되던 해 봄에 아버지는 병원에서 위 사진을 찍고 검진을 받았다. 평소 소화가 잘 안 되고 속이 불편했었는데 술 때문이 아닌가 하고 그냥 넘겼었는데 자꾸 증세가 심해지니 병원엘 찾아갔다. 동네 병원에서는 사진을 보고 나서 좀 미심쩍은 부분이 있다면서 큰 병원에 가서 진찰을 받아보라고 했다.

엄마는 그게 좀 의심적었다. 어떤 상태인지 제대로 설명도 안 해주고 큰 병원에 가보라니 너무 궁금했다. 사진과 진단서를 받았는데 진단서에는 영어로 휘갈겨 적혀 있었는데 무슨 말인지 알 수도 없었다.

엄마는 그걸 들고 아버지의 친구이며 동네에서 산부인과를 운영하는 황박사를 찾아갔다. 진단서를 보던 황박사는 "어 이 친구가… 암이라고 적혀 있잖아"고 말하며 엄마를 바라보았다. 그 말을 듣는 순간 엄마는 가슴이 먹먹해졌다.

지금으로부터 34년 전인데 그때는 암이라고 하면 곧 사망선고라고 생각했다. 그러니 동네 병원에선 암이라는 진단이 나와도 자신의 입으로는 그걸 설명해 주지 않으려 했다. 혹시라도 잘못 진단되어 나중에 무슨 봉변이라도 당하지 않을까 하여 무조건 큰 병원으로 가서 진단을 받아보라고 했다.

황박사의 입으로 암이라는 말을 들은 엄마는 마음이 답답해졌다. 무언가 하기는 해야 할 것 같은데 머릿속이 꽉 막혀 아무런 생각도 할 수 없었다.

'암이라니… 아직 한창 젊은 나이인데.'

아버지는 경북대학교 병원에 입원해서 정밀검사를 받았다. 결과는 위암으로 판정이 났다. 의사는 엄마와 형만 진료실로 들어오게 해서 판정에 대한 설명을 하고 수술을 할 것인지 말 것인지 결정을 하라고 했다.

요즘에는 암이라 하더라도 의료기술이 발달해서 완치되는 비율이 상당히 높고 그에 비례해서 암에 대한 두려움도 많이 사라졌지만, 그 당시에는 의사로서도 수술을 강권할 입장은 못되었다. 수술하다가 암 부위를 잘못 건드리면 오히려 암이 퍼져 더 빨리 죽는다는 말이 많았다. 불안한 마음에 온갖 소문들이 난무하니 결정은 가족들이 하는 수밖에 없었다.

그 때 나는 서울에서 직장을 다니고 있었다. 그날 밤에 형이 전화를 해서 어떻게 할 건지 결정을 내리자고 했다. 형과 나는 암이라는 게 두렵기는 하지만 그렇다고 해서 아직 한참 더 살아야 할 나이인데 이대로 죽기만 기다리고 있을 순 없는 것 아니냐, 체력도 충분하니 일단 수술을 하고 보자는 결정을 내렸다. 아버지에게는 위암이라는 말을 하지 않기로 하고.

수술하는 날 오전 9시에 병원에 도착했다. 입원 수속과 몇 가지 준비사항을 마치고 실제 수술에 들어간 건 11시경이었다. 수술하는 도중에 의사가 나왔다. 수술을 위해 마취약을 투입 중인데 이빨이 너무 흔들리고 있고, 이게 심하면 이빨이 빠질 수도 있다고 했다. 그런 사항에 대해 가족들이 동의할 거냐고 물었다. 그럼 동의하지 않는다면 수술을 중단하겠다는 건가? 사정을 가족에게 알려주는 건 고맙지만, 이빨 빠진다고 위암을 그대로 두는 건 난센스 아닌가?

결국, 위장을 다 잘라 내고 식도와 소장을 이어 붙였다. 위장이 없어졌으니 먹는 것도 소량을 먹고 그대신 하루에 5~6회로 나눠서 자주 먹으라고 했다.

위장이란 시간이 지나면 조금씩 커지게 된다고. 수술을 마치고 입원실로 돌아온 것은 오후 5시경이었다. 아직 마취에서 깨어나지 않은 상태였는데 밤 10시경이 되어서 깨어났다. 마취에서 깨어나는 순간부터 아버지는 극심한 통증을 느꼈다. 거의 단말마적인 고함으로 "아"를 외쳤다. 그리고 물을 찾았다. 의사는 절대 물을 주지 말라고 했는데 아버지는 물을 달라고 외치고, 물을 주지 않자 눈을 부릅뜨고 침대를 흔들어대는 통에 엄마는 혼비

백산했다.

의사의 말로는 수술 후 방귀가 나와야 하고 그 후에 간호사가 알아서 물을 줄 거라고 했는데 그 방귀가 너무 늦게 나왔다. 아버지는 갈증 때문에 난리를 치고 엄마는 아버지의 부릅뜬 눈을 마주치지 않으려고 고통스러운 시간을 보냈다.

아버지의 위암의 원인은 술 때문이 아닌가 짐작한다. 엄마의 기억에는 아버지가 결혼할 당시에 술을 마시는 모습이 없다. 학업을 마치고 교사로 발령 날 때까지도 술 마시는 모습이 없다. 마을에 있는 초등학교의 선생님으로 부임한 이후부터 술을 자주 마셨다. 선생님들끼리도 마시고 기성회에 관련 있는 학부형과도 마시고 술을 마시는 횟수가 엄청 많았다.

아버지는 약간 내성적인 성격이었는데 다른 사람과 부딪치거나 싸움에 말려드는 걸 싫어했다. 가능한 모든 사람들과 사이좋게 지내려고 노력했다. 그러한 성향은 술자리에서도 나타났다. 잔을 돌리며 술을 권하는데 아버지는 이 권하는 술을 거절하지 못했다. 당시에는 술잔을 거절하는 게 술을 권하는 사람의 정을 거절하는 것처럼 여겨졌던 것 같다. 그러니 아버지뿐만 아니라 같이 참석한 사람들 모두가 거나하게 취해서야 끝이 났다. 술을 요령 있게 마시고, 술을 많이 마시지 않고도 술을 즐기는 방법을 터득하지 못했던 것 같다. 그러한 술 습관이 위장을 혹사한 원인의 하나였던 게 아닐까.

고향에서 농사를 지을 때는 집에서 직접 농주(막걸리)를 담갔다. 농사를 많이 지었으므로 우리 집에는 항상 일꾼이 있었고, 그들이 일하러 논과 밭으로 나갈 때는 농주가 빠지지 않았다. 아침에 한 사발 마시고 밭으로 가면 점심 전에 또 한 사발 마시고, 점심 곁들여 또 한 사발, 저녁 식사 전 간식 시간에 또 한 사발을 마셔야 했다. 일꾼들은 농주가 없으면 일을 할 힘이 생기지 않는다고 투덜대기 때문에 할머니와 엄마는 봄부터 가을까지의 농사철에는 이 농주를 해대는 게 보통 일이 아니었다.

농주를 만드는 방법은 이렇다.

먼저 밀로 누룩을 만든다. 밀은 밭에서 재배한 것인데 보통 6월 말경이면 수확을 한다. 그러니까 한창 더운 때에 누룩을 만드는데 이때는 밭작물의 수확도 겹치므로 할머니와 엄마는 눈코 뜰새 없이 바쁜 와중에 누룩을 만들었다. 밀을 맷돌에 갈아서 물을 조금 붓고 섞는다. 그것을 메주처럼 덩어리로 만들어서 짚을 깐 방바닥에 널어서 말린다. 더운 날씨지만 잘 말리기 위해서 아궁이에 불을 지펴 바닥을 데워야 한다. 다 마르면 디딜방아에 넣고 빻는다.

그 다음 고두밥을 짓는다. 쌀이 귀했기 때문에 쌀로만 하지 않고 보리와 좁쌀을 섞어서 고두밥을 지었다. 그 밥과 누룩을 잘 버무려 섞어서 커다란 단지에 담는다. 물도 좀 부어서 손바닥이 찰박거릴 정도가 되도록 한다. 단지는 아궁이를 꼭꼭 싸매고 그 위를 따뜻하게 덮어준다.

대략 3일 정도 지나면 뽀글뽀글 익는 소리가 나는데 이 때는 먹어보면 달짝지근한 게 감주 같은 맛이 난다. 이 상태로 먹어도 되지만 술이 되려면 한 이틀 더 있어야 한다.

이렇게 하는 게 전통방식인데 나중에 술약을 파는 가게가 생겨서 술약을 사서 넣었다. 술약을 넣으면 누룩을 적게 넣어도 된다. 누룩을 만드는데 손이 많이 가는데 술약 덕택에 조금은 수월해진 편이다. 그렇지만 맛의 차이가 있다. 전통주는 순한데 술약을 넣으면 조금 더 독해진다. 술이 익는 시간도 술약을 넣으면 더 빨라진다. 물을 더 부어도 되니까 술의 양도 많아진다.

일제시대에는 곡물을 공출해야 하니까 가정에서 술을 만드는 것을 금지했다. 해방이 된 후에도 한동안 술 담그는 것을 금지했다. 단속에 걸리면 벌금을 내야 했지만 일꾼을 데리고 농사를 짓는 입장에서 농주를 담그지 않을 수는 없었다. 우리 집에서는 항상 농주가 떨어지지 않도록 계속 담그었다. 단속이 나올 때는 부리나게 뒤 안간의 뒤주에 숨겼다.

한 번은 단속반이 오는 걸 보고 급하게 숨기려다가 단지 주둥이가 부딪쳐 깨져버렸다. 엄마의 손가락에서는 피가 흘러내렸는데 상처가 꽤 깊었다. 헝겊으로 싸매고 피는 멈추고 아물었지만 지금도 엄마의 손가락에는 그때의 흉터가 남아 있다. 한 번은 부엌의 무쇠솥에서 술을 거르고 있었는데 단속반이 들이닥쳤다. 엄마는 급한 김에 뚜껑을 덮고 그대로 아궁이에 불을 지폈다. 마치 물 끓이는 것처럼. 다행히 걸리지는 않았다.

증조할머니는 집에서 담근 술을 좋아했다. 밥보다 술을 더 좋아해서 때로는 아침식사나 점심으로 밥 대신에 술을 한 사발 마셨다. 할머니와 아버지는 증조할머니만큼 농주를 좋아하지는 않았지만 그래도 집안에 술이 있으니까 가끔 한 사발씩 마시곤 했다. 이렇게 집에서 술을 만들고 또 술을 자주 마시는 습관이 아버지로 하여금 술을 즐기게 하지 않았을까 하는 생각을 해본다.

수술한 후 3년간은 일체 술과 담배를 끊었다. 약도 꾸준히 먹었고 건강도 많이 좋아졌다. 수시로 아프던 배가 아프지 않으니까 한결 편했다. 식사량도 조금씩 늘려나갔고 음식의 종류도 가리지 않았다. 다 나았다는 생각이 들어서일까, 아니면 마음의 긴장이 풀어진 탓일까, 이때부터 아버지는 술을 조금씩 입에 대기 시작했다.

5년이 지났다. 보통 암 수술 후 5년이 지나면 완치판정을 한다는데 아버지도 병원에서 최종적으로 완치되었다는 진단을 받았다. 그런데 5년의 완치판정이라는 것은 그때까지 재발하지 않았다는 의미일 뿐이다. 그 기간에는 관심을 갖고 경계를 늦추지 않고 건강관리를 잘하니까 재발할 확률이 아주 낮았다는 의미로 받아 들여야 할 듯하다.

몸 상태가 좋아지니까 아버지가 마시는 술의 양도 조금씩 늘어났다. 아버지는 체격이 호리호리하고 이전에는 당뇨도 없었는데 다시 술을 마시게 되면서 당뇨 증세가 생기기 시작했다. 결국, 마지막 숨을 거둘 때까지 당뇨를 잡지 못했고 당뇨가 오히려 아버지의 수명을 단축하는 원인이 되었다.

머무르고 싶었던 순간들

아버지의 회갑 전날 나는 그리스의 아테네에 있었다. 회사 업무로 출장을 갔었는데 독일의 프랑크푸르트와 함부르크에서 일을 보고, 이탈리아의 밀라노에서 상담하고, 마지막으로 아테네로 갔다. 출장을 계획할 때부터 회갑 날짜를 알고 있었기에 그날까지 일을 끝내고 아버지와의 저녁 식사 자리에 참석하도록 날짜를 조정했다. 출장을 갈 때 미리 돌아올 날을 예정하고 갔지만, 막상 내가 마주친 아테네는 내 머릿속에서만 상상했던 아테네 그 이상이었다. 하루를 연장해서라도 돌아다녀 보고 싶고 소크라테스와 플라톤이 다녔던 길을 걷고 싶었다. 그리스는 서구문명의 출발지가 아니었던가? 그런데 아테네의 시장은 유럽의 문명화된 시장의 느낌보다 내 어릴 적 살던 고향의 장터 분위기를 더 닮았다.

공항에서 시내로 들어갈 때 탄 택시에는 분명히 요금을 표시하는 미터기가 달려 있었지만, 흥정해서 돈을 낸 것, 시장의 식당

앞에서 손님을 부르는 손짓, 발짓, 식당 내에서 뭔가 더 집어 주려고 하는 동작, 이런 것들은 유럽에서 느끼는 분위기가 아니라 동양적인 정감을 닮아 있었다.

수년 전 아버지와 벌초하러 갔는데 이른 새벽에 대구의 집을 나섰다. 도평에 닿은 것은 아직 손님을 맞을 시간이 되지 않은 이른 아침이었는데 산을 오르려면 식사를 하고 가야 하니까 장터에 있는 식당으로 들어갔다. 주인 아주머니는 아버지와 형과 나 셋을 위하여 아직 준비가 덜 된 시간임에도 불구하고 정성껏 국밥을 끓여 주었다.

그 때의 그 식당의 정경이 아테네의 식당에서 자꾸 어른거렸다. 아버지와 함께 먹던 그 국밥의 맛이 생각나고 아버지와 함께했던 그 자리가 뇌의 한쪽에서 나타났다 사라지기를 반복했다. 아, 빨리 돌아가야지. 그리스는 서구문명을 열었지만, 아버지는 나의 인생을 열지 않았나.

백 세를 사는 시대에 회갑은 큰 의미가 없을지 모른다. 예전 육십 세를 넘기기 어려울 때는 회갑잔치를 열어 오래 산 것을 축하해 주었지만 이제 장수한 것을 축하하기 위해 회갑잔치를 하는 사람은 없다. 내가 어렸을 때 사십을 조금 넘긴 사람이 턱수염을 기르고 할아버지 칭호를 받은 사람이 있었는데 지금 사십 중반은 어린애 취급을 받는다. 65세가 안 되면 지하철의 경로석에 앉을 자격도 없고 어떤 경로당에서는 80세 이하는 받지 않는다고도 한다. 그렇지만 나는 아버지의 회갑에 꼭 참석해서 식사를 같이 하고 싶었다. 그것은 우리 가족 모두의 공통된 생각이었다.

아버지는 위암 수술을 한 지 십 년째가 되었는데 병원으로부터는 완치판정을 받았다. 그러나 전반적인 근력이 약해지는 건 숨길 수 없었다. 나이가 들어서 탱탱한 피부를 원할 수는 없지만 어쩐지 나이에 비해 피부의 노화가 빠른 것 같고 체력이 빨리 떨어졌다. 그래서 잔치를 한다기보다는 가족이 모여서 식사를 같이 하는 게 좋을 것 같았다.

우리가 살아간다는 것, 좋은 관계를 맺는다는 것, 마음과 가슴으로 정을 나눈다는 것, 이런 것을 통해 함께 즐거워하고 기뻐하고 축하를 해주는 것은 결국, 좋은 추억을 만들어주는 것이다. 좋은 추억을 많이 가지고 있는 사람은 행복한 시간을 더 많이 가졌었다는 의미가 되지 않을까.

살아가는 삶 앞에 놓인 시간과 공간은 누구에게나 공평하다. 거기에 환경과 관계와 자기의 육신이 어우러지면서 때로는 적적해지고 외로워지고 쓸쓸해진다. 괴로움과 병마에 시달릴 때도 있다. 누군가가 그리워지고 또 누군가를 만나서 한껏 갇혀 있던 말을 쏟아내고 싶을 때도 있다. 이러한 상태는 나이가 많고 적음에는 관련이 없을 수도 있다. 자신이 처한 마음의 변화에 따라서 달라질 수 있다. 그렇지만 나이가 많아질수록 그러한 상태가 다가오는 기회는 점차 많아질 것이다. 그럴 때 추억의 창고에서 아름다웠던 순간, 즐거웠던 날들, 좋았던 만남을 하나씩 끄집어내볼 수 있다면 많은 위안이 되고 마음의 평화를 찾을 수 있을 것이다.

아테네에서 서울로 직항하는 비행기가 없어서 밀라노로 와서 다시 서울로 오는 비행기를 탔다. 서울공항에서 대구로 가는 국내선을 타고 아버지의 집으로 가니 밤 10시가 되었다. 꼬박 스물네 시간이 걸렸다.

이미 식사는 끝났지만 모인 사람들은 그대로 있었다. 할머니와 엄마, 우리 여섯 형제 부부와 아이들까지 큰 방, 작은 방 거실에 가득 찼다. 사람이 많으니 쏟아내는 열기도 많고 입에서 뿜어나오는 말소리도 사방에서 튕기고 아이들의 분탕질은 잠시도 멈추지 않아 왁자지껄한 분위기지만 그런 분위기를 아버지는 좋아했다. 사람 사는 집에는 드나드는 사람이 많아야 하고 자주 만나다 보면 더 많은 정이 생긴다는 것이었다. 사람이 방문하지 않는다는 건 집주인의 마음 씀씀이가 그만큼 부족했다는 뜻이라고 했다. 그래서 친척과 친지들이 마음 편하게 드나들 수 있도록 마음을 열어두라고 당부했다.

그 날 아버지는 기분이 좋았다. 많은 가족이 모이고, 열 명이 넘는 손자들이 재잘거리고 노는 것에 흡족해했다. 얼굴에는 미소가 끊어지지 않았다. 먼 거리에 하루를 꼬박 걸려 날아왔는데 정말 오기를 잘했다는 생각이 들었다.

아버지에게도 젊음이 싱싱할 때가 있었고 나에게도 철모르던 어린 시절이 있었다. 그때 그 시절 고향의 초등학교에서는 해마다 운동회를 열었다. 초등학교의 운동회는 동네 전체의 잔칫날이었다. 이른 아침부터 학교의 스피커에서는 운동회를 알리는 노래가 울려 퍼졌다.

맑게 갠 가을 하늘 운동회에서
오색의 만국기 휘날리면서
평소에 길러왔던 체조 같은 걸
뽐내는 우리들의 기쁜 운동회

지금도 이 노랫말을 읊조리면 아스라이 옛날의 풍경이 떠오르고 팔다리에서는 흥분의 에너지가 꿈틀거린다. 전날 밤 꿈속에서도 이 노랫가락이 들리고 운동회가 끝난 날 잠자리에서도 노래는 천정과 방안을 휘젓고 있다. 그리고 수십 년의 시공을 넘어서 지금도 이 노래의 음절을 흥얼거리면 내 의식은 오랜 세월을 되돌아가서 빛바랜 학교와 운동장 주위를 맴돌고 있다.

하늘은 유리처럼 맑고 투명하다. 유리에 송곳으로 톡 때리면 온 사방팔방으로 금이 가면서 깨지듯이 하늘은 작은 외침에도 깨질 것처럼 위태롭게 깨끗하다. 바람은 운동장으로 모여든다. 월매에서 불어오는 바람은 보현산의 울창한 산림을 뚫고 암벽 사이의 계곡에서 차가운 물을 휘젓고 나와서 솔 향기를 품고 있고 냉기를 머금고 있다. 그 바람은 가볍게 불어온다. 핏재를 지나면 콩밭골이 있고, 그 너머에 눌인이 있다. 아주 오래전에 콩을 많이 심어 콩밭골이라 했을까. 눌인에서 불어오는 바람은 콩밭골을 지나지만 콩 냄새는 머금고 있지 않다. 그 바람은 포항 앞바다의 바다 내음을 실어 와서 소금기가 섞이고 비린내도 섞여 있다. 그래서 그 바람은 무겁다. 바람은 운동장으로 모여들면서 바싹 말라버리고 두 방향의 바람이 섞여서 논과 밭을 지나 당말을 한 바퀴 돌고 이내 교무실로 들어온다.

바람은 운동장으로부터 사방으로 뻗어 가면서 노랫소리를 실어 나른다. "때가 되었으니 빨리 나오세요, 오늘은 잔칫날이에요" 하며 소식을 전한다.

하늘에는 오색기가 펄럭이고 운동장 왼편의 철봉이 있는 자리에는 도평 장터에서 올라 온 국밥집 할머니가 커다란 무쇠솥을 걸어 놓고 육개장을 끓이고 있었다.

그때 아버지는 연신 호루라기를 불어댔다.

"자, 이쪽 앞으로 나와."

"청군은 이쪽으로, 백군은 저쪽으로."

"준비물과 도시락은 한쪽에 모아놓고."

말을 할 필요도 없고 호루라기만 불면 다 소통되었다. 아이들은 웃고 떠들다가도 호루라기 소리가 들리면 무엇을 해야 하는지 다 알아들었다. 호루라기 소리는 운동회 내내 운동장을 배회했다. 그 소리는 국밥집 할머니에게도 들렸고, 그 앞에서 막걸리를 마시는 어른들에게도 들렸고, 아들의 달리기를 응원하는 엄마들의 귀에도 들렸다. 국밥집 할머니는 작은할아버지가 단골로 다니는 도평장터의 식당 주인인데 나도 그 집에 몇번 간 적이 있다. 그 할머니는 아들이 학교에 다니는 것도 아닌 데 연신 싱글벙글하며 기분이 좋았다.

운동회 시작을 알리는 종소리에 이어 교가가 울려 퍼졌다.

장엄한 보현산의 정기를 받아
씩씩하게 태어난 우리 건아들
월매수 맑은 물에 몸을 씻으니
아름답고 슬기롭기 그지없도다
빛내라 소리쳐라 개일초등교
우리나라 새 일꾼이 여기자란다

눌인 월매 개일의 한가운데에
고이고이 자리 잡은 좋은 터전에
아담한 높은 집에 솟아오르니
그 이름 개일이라 배움의 터전
빛내라 소리쳐라 개일초등교
우리나라 새 일꾼이 여기 자란다

종목은 달리기, 기마전, 박 터트리기, 줄 당기기, 매스게임(무용) 등이었다.

달리기 1등은 공책 두 권과 연필 두 자루, 2등은 공책 한 권과 연필 두 자루, 3등은 공책 한 권과 연필 한 자루였다. 형은 한 살 일찍 학교에 입학해서 반 친구들보다 체격이 작았다. 달리기는 여섯 명씩 했는데 그중에서 항상 6등을 했다. 그래서 공책과 연필을 상으로 타 본 적이 없다. 누나는 2~3등을 했는데 공책 한 권과 연필 한 자루를 상으로 탔다. 첫째 여동생은 잘하면 3등, 그렇지 않으면 4등이어서 상을 탈 때도 있고 못 탈 때도 있었다. 둘째 여동생은 2~3등을 했다.

나는 몇 등을 했는지, 상을 탔는지 전혀 기억이 나지 않는다. 엄마의 말로는 공책과 연필을 타왔다고 한다. 그 후에 대구로 전학 가서는 항상 1~2등을 했고 달리기의 반 대표로도 뛰었다. 그런 걸 보면 달리기를 잘하는 편이었던 것 같다.

부모와 발을 묶고 뛰는 2인3각 경기도 있었는데 국밥집 앞에서 막걸릿잔을 들고 있던 사람이 호루라기 소리를 듣고 잔 놓고 뛰쳐나와 아들과 발을 묶고 뛰기도 했다. 어느 아이는 부모를 못 찾아 엉겁결에 가까이 있던 우리 아버지의 손을 끌고 나와 발을 묶고 달렸다. 나의 아버지는 갑자기 그 애의 아버지가 되어 버렸다. 그래도 그것을 부정행위라고 항의하는 사람은 없었다. 오히려 그걸 보고 재미있어하며 배꼽을 쥐는 사람이 많았다.

나머지 경기는 전부 백군과 청군으로 갈라서 팀 간 경기를 했다.

나는 지금 시간과 공간을 거슬러 올라가 아버지를 만나고 있다. 아버지의 얼굴과 표정, 몸짓과 말소리를 들으며 아버지의 삶

속으로 빠져들고 있다. 즐거웠던 시간, 행복했던 순간만 보려고 하지만 힘들었던 시간과 어려웠던 순간도 자꾸만 눈앞에서 어른거린다. 결국에는 그 두 가지의 상념이 합쳐져서 아쉬움으로 남는다.

아버지를 기쁘게 해드리고 아버지의 삶에 도움이 되는 것을 해드리고 싶었지만 생각만 가졌을 뿐 실행에 옮기지 못했다. 시간은 나를 기다려 주지 않았고 아버지는 그 시간에 이끌려 하늘나라로 가버렸다. 못다 한 일들이 아쉬움으로 남아 있는데 이것은 내 평생을 따라다닐 것 같다.

고뇌의 무게

   논에서 모내기하거나 벼를 벨 때, 밭에서 씨를 뿌리거나 수확할 때는 일꾼이 많이 필요하다. 농사일이란 게 거의 육체를 움직여서 하는 일이다 보니 땀도 많이 흘리고 체력의 소모가 많다. 그래서 일하는 동안에 허기에 지치지 않도록 때맞춰 먹을 것을 제공해야 한다.

   아침 식사, 점심 전의 새참, 점심, 저녁 식사 전의 새참을 빠지지 않고 배달해 주어야 한다. 남자들은 논밭에서 일하고 먹거리의 배달은 여자들이 한다. 대나무를 잘게 쪼개서 짠 커다란 광주리에 밥과 반찬을 담고 보자기로 덮어서 나른다. 밥은 보리를 섞거나 때로는 수수와 좁쌀을 섞은 잡곡을 하고, 반찬은 김치와 푸성귀에 고추장과 된장을 곁들인다. 새참은 삶은 감자 또는 찐 옥수수나 전 부침 등인데 가장 중요한 것은 막걸리를 한 주전자 담아 가야 한다. 땀 흘려 일하는 사람의 먹성은 좋아서 양도 많이 담아야 한다.

막걸리는 식사 때든 새참 때든 빠지지 않아야 하는데, 일꾼들은 막걸리를 한 사발 들이키지 않으면 일할 힘이 생기지 않는다고 했다. 따가운 햇볕 아래에서 땀을 비 오듯 흘리고 나면 맨정신으로는 팔다리가 늘어져 일을 할 엄두가 나지 않는다고 했다. 막걸리를 한 사발 마시고 나면 수분이 빠진 육체에 생기가 돌게 하고, 힘들었던 뇌와 정신을 흐릿하게 만들어서 고통을 잠재워준다. 집에서 담근 막걸리는 곡물로 담가서 알코올 기도 있지만 곡물의 영양분도 가지고 있다. 이것은 영양보충의 역할도 한다. 그래서 일꾼들은 막걸리가 없으면 일을 못 한다고 나자빠졌다.

우리 집에서는 농사일이 많아서 한때 정부에서 집에서 담그는 농주를 금지했을 때도 한 해도 거르지 않고 술을 담갔다. 그해의 농사 수확을 잘 마무리하려면 막걸리를 잘 담그는 것이 무엇보다 중요했기 때문이다.

이렇게 먹을 것에 막걸리 한 주전자까지 더하면 광주리가 무겁다. 무겁기도 하지만 광주리가 둥글고 커서 들고갈 수는 없다. 할머니는 이것을 머리에 이고 배달을 했다. 엄마는 부엌일을 맡아서 음식을 준비하고, 설거지도 담당하고, 할머니는 나르는 것을 했는데 일꾼이 많아 양이 많을 때는 엄마도 가끔 머리에 이고 다녔고, 더 많을 때는 일꾼이 지게에 지고 가기도 했다.

머리에 이고 갈 때는 따베이를 정수리에 올리고 그 위에 광주리를 올린다.

맨머리에 광주리를 올리면 머리꼭지가 너무 아파서 견디기 힘들다. 또 뜨거운 밥이 있으면 머리꼭지가 뜨거워서 참을 수도 없다.

따베이는 헝겊이나 짚 또는 왕골로 만드는데 손바닥만한 크기로 동그랗게 엮어서 풀어지지 않게 잘 마무리를 한다. 가장 좋은 것은 왕골로 만든 것인데 왕골은 속이 비어 있어 무게를 완화해주는 역할도 있고 물건이 흔들려도 충격을 흡수하는 역할도 있어서 몸을 편하게 해준다.

따베이를 하게 되면 머리에 이고 있는 광주리의 균형을 잡아준다. 맨머리에 얹으면 균형 잡기가 힘들어 목과 허리가 너무 아프고 오래 걷지도 못한다. 또한 따베이는 걸을 때 흔들리는 무게의 충격을 완충시켜 주기 때문에 걸음걸이를 자연스럽게 해준다. 따베이를 하는 것과 하지 않은 것의 차이는 육체가 받는 고통의 측면에서 엄청난 차이가 있다. 따베이 없이 하루 배달을 한다면 그날 밤은 온 전신이 쑤신 듯이 아프다.

따베이를 하더라도 무게가 누르는 중력이 있고 또 걸어야 하는 운동의 힘이 필요하므로 육체가 고통스러운 것은 당연하다. 직접 닿는 정수리 부분이 아프고 균형을 잡느라 긴장을 해야 하는 목이 아프고 어깨와 허리와 종아리도 순차적으로 아파온다.

광주리를 이고 가는 할머니의 그림자는 오전에는 오른쪽 앞 사각 방면으로 길게 드리워지고 오후에는 오른쪽 뒤 사각 방면으로 길게 드리워진다. 그림자의 키는 아침저녁에는 길게 커지고 한낮에는 짧게 작아진다. 그림자는 평화롭다.

그림자를 만든 할머니의 얼굴에는 땀도 흐르고 힘든 표정이 있지만 그림자에는 그저 아늑하고 고요한 적막이 있을 뿐이다. 할머니와 그림자는 한몸이지만 이 순간의 할머니는 그림자를 통해서만 인식하고 싶다. 다소 어스름한 단색조를 가지고 소리 없이 땅에 붙어서 걸어가는 그 모습은 밀레의 그림 속에 나오는 농부를 연상케 한다.

그림자의 생성과 소멸은 빛의 그것과 같다. 빛이 생기면서 그림자가 생겼다.

조물주는 밝음과 어두움을 함께 주었다. 우리가 살아가는 데는 항상 밝음과 어두움이 존재한다. 좋은 일 뒤에는 나쁜 일이 도사리고 있다. 행복의 이면에는 불행도 있다. 고통이 있으면 평안도 있다. 그래서 힘든 일이 있더라도 그 힘들고 고통스러운 순간을 넘기면 기쁜 날이 있다는 것을 가르쳐준다.

할머니는 무거운 광주리를 이고 가지만 그것이 괴롭다거나 슬프다고 여기지는 않는다. 무게가 주는 통증이 있지만, 그것이 육체에 피로를 누적시켜 줄지라도 마음을 괴롭히거나 영혼을 멍들게 하지는 않는다. 다소 힘이 들더라도 그 일을 하고 나면 곡식의 수확은 더욱 풍성해지고 작물의 열매는 더욱 알차게 여물어 가리라는 기대와 희망이 있기에 발걸음이 무겁지 않다. 정신이 살아있고 마음이 괴롭지 않으면 영혼은 맑아진다. 육체를 멍들게 하고 갉아먹는 것은 마음이 병들어 있을 때다. 그래서 할머니는 무거운 짐을 뇌의 바로 위에 올려두고 일을 했을지라도 그것으로 인해 뇌에 손상을 주거나 육체의 노화를 앞당겼거나 마음이 빨리 늙어가지는 않았다.

아버지는 무거운 짐을 머리에 이고 다닌 적은 없지만 많은 고민을 짊어지고 살았다. 고민의 무게는 무거워서 어깨를 짓누르고 허리를 아프게 하고 발걸음을 힘겹게 만들었다. 뇌를 싸고 있는 살과 뼈를 고통스럽게 한 것이 아니라 그 속에 있는 뇌 자체를 고통에 빠뜨려서 정신을 혼미하게 하고 영혼을 갉아먹었다. 그것이 육체의 노화를 촉진한 것으로 보인다.

아버지는 대구 시내에서 교사생활을 여러 해 하다가 봉화로 발령을 받았다. 대구에서 일정 기간 근무하면 벽지학교에서 몇 년간 근무해야 하는 규정이 있었는데 거기에 해당이 되어 봉화로 가게 되었다. 경상북도는 산악지역이 많아 산골 오지에 있는 학교도 많았다. 나의 고향인 청송도 오지이지만 봉화도 그에 못지 않은 오지였다.

그때부터 아버지의 고민이 시작되었다. 우리 형제들은 대구에서 학교에 다니고 있었는데 가족이 봉화로 이사갈 수도 없고, 아버지 혼자 가려니 이중생활을 해야 하는 고충이 있었다. 숱한 생각과 고민을 거듭한 끝에 아버지는 교직 생활을 그만두고 사업을 하기로 결정을 내렸다.

그러한 결정을 내리게 된 이면에는 아버지의 오랜 친지의 영향이 컸다. 그 친지는 아버지보다 나이는 몇 살 적었는데 고향 마을에서 함께 자랐다. 아버지가 교사발령을 받은 몇 년 후 그 친지도 교사발령을 받아서 고향 마을에 있는 초등학교에서 같이 근무했다. 그러니 죽마고우나 마찬가지인 셈인데 그 친지는 1~2년 먼저 교직을 그만두고 사업의 길로 나섰다. 처음에는 대지를 사서 작은 한옥을 지어 파는 집 장사를 했는데, 그걸로 돈을 좀 벌었다. 돈을 벌어보니 재미가 있었는지 다른 분야로 사업을 확장하려고 궁리를 하고 있었다. 그러던 차에 아버지의 얘기를 듣고 아버지를 꼬드겼다. 이 기회에 교직을 접고 같이 사업을 해보자고.

예나 지금이나 선생님의 돈은 먼저 보는 사람이 임자라는 말이 있다. 아이들만 가르치다 보니 세상 물정에는 어두울 수밖에 없다. 아이들은 선생님의 말씀을 잘 듣는다.

아이들은 순진하고 거짓이 없다. 사기와 기만에 물들지 않아 착한 마음을 가지고 있고 정의롭지 않은 일에는 잘 가담하지 않는다. 이런 아이들만 대하다 보니 장사에 젖어든 어른들의 술수에 아무 대책 없이 쉽게 넘어간다.

아버지는 그 친지와 사업을 함께하기로 하고 사직서를 제출했다. 그리고 퇴직금과 고향에 있던 땅을 판 돈을 합쳐서 투자했다. 그 간판이 신진자동차였던가? 이젠 그 기억도 가물가물해진다. 택시영업도 하고 자동차정비도 하는 업종이었는데 회사는 1년이나 버티었을까? 아버지는 친구 따라 갔다가 낙동강 오리알이 되어 버렸다. 아버지는 전 재산을 투자했다가 고스란히 날려버린 것이다.

아버지는 준비되지 않은 채 친구 따라 사업의 길로 들어섰다. 운전도 할 줄 몰랐고 자동차정비는 고사하고 자동차를 만져 본 적도 없었다. 아버지는 뭘 두드리고 고치고 만드는 것은 별로 좋아하지 않았다. 집에서도 목제품이나 기계를 뜯어서 고치는 것을 본 적이 없다.

친구를 원망하기에 앞서 아버지가 너무 순진했다. 세상은 항상 올바른 방향으로 가고 있고 친구는 영원한 동지로 남을 거라는 착각이 화를 불렀다. 아버지는 고민으로 밤을 지샜고, 뇌는 혼돈의 상태에서 허우적거렸다. 이런 상태는 아버지의 육신을 병들게 했고 정신은 끝없이 나락으로 떨어져 갔다.

아버지는 우리의 전통적인 관습을 잘 지켜왔는데 그에 따라 남성중심의 가부장제에 대해서도 잘 순응했다. 따라서 가족의 안위나 생계에 관해서도 자신이 책임져야 한다는 생각이 매우 강했다. 그런데 사업을 시작해서 전 재산을 날려버린 것에 대한 죄책감이 매우 컸을 것이며, 앞으로 가족을 어떻게 먹여 살릴 것인가에 대한 강박감이 엄청난 무게로 짓눌렀을 것이다.

그때 나는 중학교 3학년이었고, 누나는 고등학교 2학년, 형은 대학교 1학년이었다.

나는 사업이 뭔지 알만큼 성숙하지 못했지만, 아버지의 일이 잘 못되었다는 것은 알았다. 나는 아버지가 투자했던 회사의 간판이 붙어 있는 건물 앞을 자주 지나다녔는데 아버지는 망했어도 그 간판은 그대로 붙어 있었고 누군가가 그 일을 그대로 하고 있었다. 차들도 연신 들락거렸는데 그걸 이해할 수가 없었다. 그때부터 아버지의 얼굴에는 시름이 가득 묻어 있었고 집안의 공기는 싸늘했었다. 살기 위해 아버지는 몸부림쳤을 것이다. 걱정과 고민을 혼자 끌어안고서.

그 일이 있었던 후 로버트 프로스트의 '가지 않은 길'이라는 시를 읽게 되었는데 나는 아버지를 생각할 때면 그 시가 생각났고, 그 시를 읽을 때면 아버지가 생각났다. 특히 마지막 구절을 읽을 때면 내 정신은 까무룩히 가라앉아 그 시절 아버지의 가슴 속으로 빨려 들어갔다.

가지 않은 길

노란 숲 속에 두 갈래 길이 있었습니다.
두 길을 다 가보지 못하는 것을 안타깝게 생각하며,
오랫동안 서서 한 쪽 길이 굽어 꺾여 내려간 곳으로
바라다 볼 수 있는 데까지 멀리 바라다 보았습니다.

그리고는 똑같이 아름다운 다른 길을 택했습니다.
그 길에는 풀이 더 있고 사람이 걸은 자취가 적어
아마 더 걸어야 될 길이라고 나는 생각했던 게지요.
그 길을 걸으므로 그 길도 거의 같아질 것이지만

그 날 아침 두 길에는

낙엽을 밟은 자취는 없었습니다.

아, 나는 다음 날을 위하여 한 길을 남겨 두었습니다.

길은 길에 연하여 끝없으므로

내가 다시 돌아올 것을 의심하면서

오랜 세월이 지난 후 나는 어디에선가

한숨을 지으면서 이야기할 것입니다.

숲 속에 두 갈래 길이 있었다고.

나는 사람이 적게 간 길을 택하였다고.

그리고 그것 때문에 모든 것이 달라졌다고.

슬프게 하는 것들

아버지가 돌아가시기 몇 해 전, 엄마가 전화했다. 엄마는 특별히 연락할 일이 생기거나 급작스러운 사건이 생기지 않으면 전화를 하는 일이 없다. 그렇게 갑작스럽게 전화를 하지 않아도 될 만큼 내가 수시로 전화를 해서 건강이며 안부를 묻는 게 정상이며 또한 그게 도리라고 생각해 왔다. 그래서 전화를 받고 엄마의 목소리를 확인하면 조금은 긴장이 된다. 무슨 일로 전화를 했을까 하는.

그날 나는 반월공단에 있는 협력업체에 생산과정을 확인해 보려고 차를 타고 가는 중이었다. 오전 11시쯤이었을까 엄마의 말투에는 감정이 고르지 않았고 다소 들떠 있는 느낌이었다.

"니가 아부지한테 얘기 좀 해라. 요새 술을 너무 마셔서 내가 못 살겠다. 니 말고는 얘기할 사람이 없다."

한동안 술 마시는 걸 자제하고 조심하면서 지내왔는데 근래 들어서 동네 사람들과 술 마시는 게 잦아졌다. 건강이 좋지 않아 술도 많이 못 마시고 조금 마셔도 얼굴이 달아올랐다. 체력이 떨어지니 술을 마시면 몸을 가누기 힘들어지고 그럴 때면 온종일 누워 있어야 했다. 당뇨 수치가 높고 콩팥은 이미 제 기능을 못 하는데 술에 취해 정신이 혼미해지는 게 엄마로서는 답답하기도 하고 화가 나기도 했다.

아버지는 원래부터 고집이 세고 다른 사람의 말을 잘 듣지 않았다. 엄마가 술 좀 그만 먹으라고 얘기해 본들 아무런 소용이 없었다. 오히려 그런 얘기를 하면 아버지는 화부터 냈다. '내 일은 내가 알아서 하지 뭘 하라 말라고 얘기해'라는 식이었다. 그런데 엄마의 말에 의하면 내가 말하면 잘 듣는다는 것이었다.

아버지는 스스로 생각하기에 자신의 판단이 아주 공정하고 타당성이 있다고 자신하는 것 같았다. 어릴 때는 서당을 다녔고 그 후로는 집안 어른들로부터 유교적인 윤리와 도덕, 전통에 따른 예법을 많이 들어서 어느 한쪽으로 편협되지 않는 판단을 하고 있다고 믿었다. 실제로 우리 형제들에게 무리한 생각을 강요한 적도 없고 회초리를 들거나 폭압적인 말을 하지도 않았다. 항상 가장으로서의 위엄을 가지려는 자세는 있었지만, 그것이 우리가 살아가는데 지장을 줄 정도는 아니었다. 그렇지만 기호품에 대해서는 전혀 중립적인 자세를 갖지 못했다.

몇 번인가 아버지로부터 "수신제가 치국평천하"라는 말을 들은 적도 있었다.

자신의 몸가짐을 바로 해야 가정도 올바르게 유지하고 나라도 평안히 다스릴 수 있다는 말인데, 우리에게도 스스로의 몸가짐과 행동거지를 조심하라는 말이었다. 그런데 아버지는 술에 대해서는 끝까지 통제가 안 되었던 것 같다.

엄마의 전화를 받고 고민에 빠졌다. 그때까지 살아오면서 아버지에게 술을 마시지 말라고 말을 해 본 적도 없었고, 그 외에도 무엇을 하지 말라고 말을 하지 않았었다. 내가 갑자기 "술 좀 그만 마셔요"라고 말하면 아버지가 어떤 반응을 보일지 짐작이 되지 않았다. 보통 때라면 "애비한테 쓸데없는 얘기한다"고 화를 내거나 많이 참는다고 해도 아주 언짢아 할 것 같았다.

아버지가 알아서 하시겠지 하고 그냥 넘어가기도 곤란했다. 술을 많이 마시면 말을 많이 하게 되고, 엄마를 귀찮게 하거나 성가시게 하는 것 같았다. 이런 일로 얘기한 적이 없었는데 전화까지 해서 요청하는 것을 보면 엄마의 참을성에도 한계에 다다르지 않았나 하는 생각이 들었다. 단지 불편하게 하는 것 때문만은 아니었다. 이미 아버지의 건강은 기울어져 가고 있었고 특히 당뇨가 있어서 갑자기 큰일이라도 당하면 어쩌나 하는 근심이 많았다.

전화한다면 어떻게 말을 하는 게 좋을까, 아버지의 감정에 거슬리지 않게 말을 하려면 어떤 식으로 얘기를 끄집어내야 할까. 정답이 없는 얘기지만 고민을 많이 했다. 또 엄마를 왜 자꾸 힘들게 하느냐던지 엄마를 너무 괴롭히지 말라던지 하는 말을 하게 되면 엄마 편만 드는 것으로 생각될 수도 있고, 그렇게 되면 나로 인해 아버지와 엄마가 곤란한 처지로 발전할 수가 있어서 여러 경우의 수를 생각해 보았다.

오후에 전화했다. 엄마가 전화한 때로부터 대략 다섯 시간 정도 지났으니 그만하면 술도 좀 깼을 테고 정신도 맑아졌을 것 같았다.

"요즘 건강은 좀 어떠세요?"

"응. 전과 별 차이 없어."

"요새 술을 많이 마십니까? 조금씩 마시는 건 몰라도 많이 마시는 건 안 좋을 것 같은데요."

다행히 아버지는 감정에 상처를 받지 않은 것 같았다. 평소의 억양과 편안한 감정을 유지한 채 대답을 하셨고, 앞으로 술을 안 마실 거라고 얘기를 하셨다.

내가 고민에 고민을 거듭했던 것 중에 가장 좋은 상태로 마감했다. 나는 무거운 짐을 지고 가다가 한순간 짐을 내려놓은 것 같은 시원한 느낌이 들었다.

어찌 되었든 아버지의 감정상태가 편안하게 유지되어야 엄마도 편하고 다른 가족도 편하고 또 집안의 분위기도 평온하게 지킬 수 있으니까. 이런 전화는 그것이 처음이자 마지막이었다.

늙는다는 게 어떤 건지 잘 모를 때가 있었다. 나이가 든 노인들은 많이 봤지만 그것이 실제 내 감정을 자극하지 못했기 때문에 잘 느끼지 못했던 것이다. 그 때가 행복한 때가 아니었을까 생각한다.

할머니는 내가 어릴 때부터 할머니였는데 내가 어른이 되어서도 할머니였다. 그래서였을까? 할머니가 늙어간다는 걸 실감나게 느끼지는 못했다. 할머니는 당시로써는 장수했는데, 여든아홉 살이 되도록 흰머리가 별로 없었다. 요즘 젊은 사람들의 새치만큼 희끗희끗한 정도였다. 피부색도 어느 한순간 갑자기 노화현상을 일으키지 않았다. 아주 서서히 조금씩 나이가 들어간 것이었다. 그러니 곱게 늙어갔다는 표현이 맞다. 그것이 내가 늙어감을 실감하지 못했던 원인이기도 하다.

아버지는 좀 다르게 늙어갔다. 설날과 추석, 그리고 결혼식이 있거나 죽은 사람이 있어 조문을 갈 때 대구에 내려갔으니까 대략 일 년에 네댓 번 간 셈인데 그때마다 나는 아버지의 얼굴에서 늙어가는 현상을 보았다. 주로 환갑을 넘긴 뒤부터 나타난 현상인데 어쩐지 안타까운 생각도 들고 슬퍼지는 느낌을 감추기 힘들었다. 그렇다고 해서 "아버지 왜 이렇게 빨리 늙어가세요? 몸 가꾸기도 좀 해보세요"라고 말하기도 곤란했다. 자신은 모르고 있는 것을 내가 들추어내서 기분을 슬프게 만들 필요는 없지 않을까. 모르면 약이 되는 것은 알아서 병이 되는 것, 이 경우를 두고 하는 말인 것 같았다.

현상은 여러 곳에서 나타났다. 어느 때는 흰 머리카락이 부쩍 늘어났다. 그 다음에는 머리카락이 많이 빠져버렸다. 얼마 후에는 남아있는 머리카락이 가늘어져 있었다. 머리카락의 굵기가 정상일 때는 머리를 넘기면 어느 정도 부풀어져 있는데 이게 가늘어지니까 머리카락이 힘이 없어 내려앉아 버렸다.

머리숱이 적어진 데다 머리카락이 머리 면에 달라붙어 버리니 바닥이 훤히 보였다. 불타버린 산에 금방 조림을 해놓은 것처럼. 눈꼬리와 입술 끝은 조금씩 아래로 처져 내렸다. 얼굴과 팔뚝에는 거무스름한 점들이 나타났다. 가장 안타까웠던 것은 자주 드러눕는 것이었다. 앉아 있는 것보다 눕는 것을 더 찾는다는 것은 그만큼 육체의 내부에서 버티게 해주는 근력이 약해지고 있다는 얘기다. 건장했을 때는 꼿꼿이 앉아서 지냈는데 그 때부터는 자주 누울 자리를 찾았다.

한때 멋있게 늙어가는 것, 아름답게 늙어가는 것을 동경했었다. 흰 머리와 검은 머리가 섞여 있는 것보다 흰 머리카락이 머리 전체를 덮고 있는 게 좋았다.

머리숱은 많아야 한다. 머리숱이 적은데 흰머리가 듬성듬성 있으면 볼품이 없다. 머리카락의 길이는 귀를 살짝 덮는 게 좋다. 끝은 가지런히 다듬어져 있어야 한다. 귀신이나 산신령처럼 흰머리가 정렬되지 않고 산발하고 있으면 추하게 보인다. 노인이 되어서 겉모습이 추하게 보이면 결정적인 악재이다.

멋있게 보이려면 늙어진 현상이 있더라도 겉모습이 품위 있게 늙어야 한다. 약간 긴 머리카락이 바람에 살짝살짝 날리는 모습, 그것도 새하얀 흰색이 볼을 살짝 가리는 모습이 좋다.

얼굴색은 약간 붉그스레한 상태가 좋은데 술 마신 후의 상태처

럼 울그락불그락 해서는 안 된다. 약한 붉은 기가 고르게 깔렸어
야 한다. 거무스름한 색조를 띠거나 검은 반점들이 흩어져 있어
서는 안 된다. 색이 탁해진다는 것은 육체를 괴롭히는 기호를 즐
겼을 가능성이 크다. 담배와 술 같은 것.

주름살이 너무 없으면 재미없다. 그렇지만 골이 깊이 팬 주름
살은 곤란하다. 이마와 양쪽 볼과 눈가에 밭고랑처럼 패인 주름
은 늙어감의 고귀함을 깎아내린다. 잔주름이 고르게 퍼져있는 얼
굴에 엷은 미소가 피어 있으면 금상첨화이다. 멋있게 늙어가는
사람은 일부러 미소를 짓지 않아도 저절로 엷은 미소 같은 윤곽
이 형성된다. 살아오면서 남을 괴롭힐 궁리를 하지 않고 남에게
손해를 입힐 잔머리를 굴리지 않고, 스스로에게 부끄럽지 않게
살아왔다면 험상궂은 얼굴이 될 수 없다. 억지 웃음을 지으려고
하지 않아도 자연스러운 미소가 얼굴에 쌓이게 된다.

이런 노인의 얼굴을 동경했었다.

겉모습뿐만 아니라 내면의 모습도 중요하다. 느리게 사는 게 좋
겠다. 마음이 급해지고 말이 많아지는 것은 시간을 빨리 가게 하
려고 노력하는 것과 다를 바 없다. 살아온 날보다 살아갈 날이
더 적을 텐데 더 빨리 살려고 애쓸 필요가 있을까? 더 많이 가르
치려고 더 많은 말을 할 필요도 없다. 말을 많이 하는 것도 시간
을 빨리 가게 한다. 적은 말을 느리게 하고 행동도 느리게 여유를
부리며 한다. 잔소리하지 않아도 젊은 사람은 제 인생을 사는 데
지장이 없다.

이렇게 늙어가는 게 멋있고 아름다운 게 아닐까 생각했었다.

나는 늙어갈 때 이렇게 늙어갔으면 하는 바람도 있었다. 나보다 빨리 늙음의 과정을 겪을 아버지도 이런 모습이었으면 했다. 하지만 아버지가 늙어가는 속도는 생각보다 빨랐다. 몇 달 만에 만나면 몇 년을 산 것 같은 느낌을 받았다. 이런 모습을 볼 때면 마음이 슬퍼졌다.

아버지는 목련꽃을 좋아해서 아버지와 엄마가 들어갈 묘지 앞에도 목련을 심었다. 목련에는 보라색도 있고 붉은색도 있고 보라색과 흰색이 섞인 것도 있지만 아버지는 순백의 목련을 좋아했다. 나도 순백의 목련을 좋아하는데, 꽃이 피기까지의 과정을 좋아하지 꽃이 지는 것은 보기가 싫다. 목련은 찬란하고 고귀하게 꽃을 피우지만 오래가지 못하고 꽃잎을 떨군다. 떨어진 목련꽃잎은 금새 시들고 색깔이 추하게 바래진다. 그 자리는 너덜너덜해진 꽃잎으로 마치 흙탕물에 짓이겨진 휴지처럼 변해 버린다. 그래서 목련이 떨어지는 것은 보기가 두렵고 슬프다.

사람은 자기가 좋아하는 것을 닮아간다고 하는데 아버지는 늙어가는 과정이 목련을 닮은 것 같았다.

의사는 당뇨를 잘 관리하기 위해서는 운동을 게을리하지 말라고 당부를 했다. 매일 땀이 날 정도의 운동이 좋다고 했다. 아버지는 스스로 몸 상태가 좋지 않음을 알고 있었기에 이것을 지키려고 많은 노력을 했다.

새벽에 일어나서 앞산을 올라갔다. 중턱쯤에 약수터가 있고 절이 있는데 그곳까지 오르면 땀이 나고 숨도 찼다. 엄마도 함께 동행해서 느린 걸음이지만 끝까지 따라갔다. 몇 년을 이렇게 운동을 했는데 마지막 1~2년 전부터 체력이 많이 떨어져서 약수터까지 오를 수가 없었다. 산기슭에서 서성거리다가 내려왔다.

육십 대에 새로운 인생을 시작한다고 떠들어대고 있는 시대에 아직은 더 팔팔하게 살아야 할 텐데 몸이 힘들어 그 높지 않은 산을 오르지 못한다는 말을 들을 때는 마음이 슬퍼졌다.

아버지는 자투리땅에 나무 심기를 즐겼다. 대추나무, 동백나무, 석류나무를 마당 모서리에 심고 제피나무는 화분에 심었다. 그런데 아버지가 심은 나무 중에 아버지의 일생에 비견될만한 나무는 없다. 수양버들처럼 잘 휘어지고 바람이 불면 이리저리 흔들리다가 바람이 멎으면 제자리로 돌아오는 나무는 어쩐지 거리가 멀것 같다. 아까시나무는 높은 하늘이 좋아서 끝모르고 위로만 자라 올라간다.

그러다 세찬 바람이 불면 굵은 가지가 뚝 부러진다. 아버지는 그런 아까시나무를 닮은 것 같다.

붓글씨

  나는 이른 새벽에 산길을 걷는 것을 즐긴다. 하루가 열리는 시간에 아직 아무도 다녀가지 않은 길을 걷고, 바람이 가는 길을 읽으며, 새들이 잠 깨는 소리를 듣는 게 좋다. 그 시간에는 모든 것이 고요하다. 생명이 있는 것 같기도 하고 없는 것 같기도 하다. 자연도 살아 있는 것 같기도 하고 숨을 쉬고 있지 않은 것 같기도 하다. 나 혼자 살아서 움직이며 자연이 준 공간과 시간에 군데군데 점과 선을 흘려 놓는 자유를 누리는 게 너무 좋다.

  낮은 오르막을 오르고 등과 허리에 땀이 맺힐 무렵이면 좁은 길로 들어가서 휴식처에 앉는다. 그곳은 사람의 내왕이 별로 없는 한적하고 조용한 곳이다. 그 길을 걸을 때면 나는 항상 그 자리에 앉아서 쉰다. 그 자리는 나의 전용석이다. 그곳에서 앞을 바라보면 북한산의 산등성이가 굽이굽이 넘어가서 비봉을 지나 향로봉으로 넘어가는 줄기가 보인다. 발밑 십여 미터 아래는 숲이 우거진 계곡인데 올봄에 멧돼지가 그 숲에서 뛰쳐나가는 걸 보았다. 내가 앉는 자리는 널찍한 너럭바위인데 그 바위 위쪽으로는 주인을 잃은 야생 개들이 가끔 돌아다닌다.

산짐승이 돌아다니는 곳에는 사람의 발길이 적다. 온 천지가 사람의 발길로 몸살을 앓고 있는데 그중에서 그래도 사람의 발이 덜 닿은 곳에서 마음을 가다듬는다.

가만히 앉아 눈을 감는다. 편안한 자세로 숨을 들이마시고 내뿜는다. 명상이나 참선에는 하는 절차와 방법이 있겠지만 나는 그런 것에 크게 신경 쓰지 않는다. 그저 눈만 감고 아무런 생각도 하지 않는다. 차츰 올라오면서 몸에 베인 땀도 마르고 가쁜 숨도 낮게 가라앉는다.

어느 순간 나는 구름 속에 떠 있는 것 같다. 구름은 내 아래를 받쳐주고 옆과 위, 코와 귀, 내 몸의 모든 곳을 감싸고 파고들고 헤집고 다닌다. 내 몸이 붕 떠 있는 상태에서 내 머릿속에서는 모든 것이 빠져나가고 있다. 생각이 빠져나가고 숱한 기억들이 빠져나가고 심지어 뇌 속의 물질까지도 다 빠져나가고 있다. 내 머릿속은 텅 빈 공간으로 남아 있다. 그때 내 몸은 너무 편안하다.

육체는 구름을 따라 일렁거리고 여기저기 떠다니는 데 내가 힘을 주는 것은 전혀 없다. 영혼은 육체에서 빠져나와 어디론가 먼 여행을 하고 있을지 모른다. 생각이 없는 육체만 남은 상태에서 나는 자유롭고 편안함을 느낀다.

아버지가 마지막 숨을 거두던 해, 그해 정월부터 아버지는 붓글씨를 쓰기 시작했다. 벼루와 먹과 붓은 좋은 것으로 준비해 두고 있었다. 그러나 붓글씨 연습을 하지는 않았다. 아버지는 어떤 느낌을 받았던 것 같다. 마지막 순간이 가까워지고 있다는 계시를 받았을지 모른다. 몸과 마음을 깨끗이 하고 정신을 정갈한 상태로 만들기 위해 붓을 잡았을 것이다.

붓글씨는 단순히 종이에 글자를 나열해 놓는 게 아니다. 글자를 보기 좋게 예쁘게 쓰는 것도 중요하지만 그렇게 쓰기 위해서는 정신의 수양이 선행되어야 한다. 머리가 복잡하고 온갖 고민으로 가득 차 있으면 글씨에 혼이 박히지 않는다. 자신의 혼이 박힌 글씨는 힘이 있고 우아하다. 아버지를 평생 괴롭힌 잡념과 번뇌, 고민에서 벗어나고 순수한 영혼을 찾기 위해 아버지는 붓글씨를 선택했던 것 같다. 아버지는 하루 중 많은 시간을 붓을 쥐고 글씨를 쓰는데 보냈다.

그해 봄, 아버지 댁에 갔었는데 거실에 온통 붓글씨 쓴 것을 붙여 놓았었다. 아버지는 글씨 쓰기 전 먹을 갈면서 정신을 가다듬는다. 글씨를 쓸 때는 오로지 종이만 내려다본다. 좌우도 보지 않고 옆에서 얘기해도 잘 못 듣는다. 무릎 꿇듯이 앉아서 눈은 붓끝이 가는 곳만 뚫어지듯이 내려다보고 손은 벼루와 종이만 왔다 갔다 한다. 한 장을 다 쓰고 나면 똑바로 정좌해서 쓴 글을 읽어본다. 좀 더 음미하고 싶은 것은 벽에다 붙여놓는다.

아버지는 가끔 복부에 통증을 느꼈다. 콩팥이 완전히 망가졌다는 걸 의사로부터 진단을 받았기에 평소 약도 먹고 조심을 했지만 가끔씩 통증이 오는 건 막을 수 없었다. 그러한 통증과 몸의 무기력함에서 벗어나기 위해 붓을 잡았는데 붓글씨에 몰입해 있는 동안은 몸과 마음이 한결 편해졌다.

내가 산에서 눈을 감고 뇌를 텅 비우는 것과 아버지가 붓을 잡고 정신을 집중하는 것은 방법은 달라도 지향점은 같았을 것 같다.

아버지는 어릴 적 서당을 다녔다. 당말에 있는 신호댁 할아버지 집에서 한문을 배웠는데 그때 붓글씨도 함께 배웠다. 나중에 나의 큰외할아버지가 되신 분은 그 서당 할아버지의 친구였는데 그분에게서도 글을 좀 배웠다. 그게 인연이 되어 엄마를 만났다.

고향 집에 살 때는 사랑방 안쪽에 있는 골방에서 붓글씨 연습도 종종 했다. 아버지의 글씨는 또박또박 정자로 쓰는 해서체이다. 글씨의 크기는 정사각형에 들어갈만큼 균일했고 가로, 세로의 배열이 잘 맞았다. 글씨는 보기가 좋았다. 간혹 약간 흘려 쓰는 행서체를 쓰기도 했는데 역시 아버지의 글씨는 똑바로 쓰는 해서체가 더 좋았다.

선생님으로 있을 동안 교실 뒷면의 게시판을 꾸밀 때, 아버지는 붓글씨로 제목과 요점 등을 적어서 붙였는데 그때 그 글씨는 경이에 가까웠다. 나는 글씨를 쓰면서 나도 모르게 아버지의 글씨체를 닮으려고 했던 것 같다. 지금도 나의 펜글씨는 아버지의 붓글씨를 닮고 있고 형의 글씨도 아버지를 닮고 있다.

교직을 그만둔 이후로 아버지는 붓글씨를 연습한 적이 없다. 아버지의 머리는 항상 복잡해서 엉킨 실타래처럼 한 올씩 풀어 정리하기는 어려웠다. 영혼은 멍들고 상처를 입어 제자리를 찾지 못하고 이리저리 방황했다. 붓을 잡을만한 마음의 여유를 가질 수 없었다. 단 제사 때 지방을 쓰는 건 예외였다.

명절의 차례와 제사를 지낼 때 아버지는 꼭 붓으로 직접 먹을 갈아 지방을 썼다. 지방은 조상님의 혼을 대신하는 것인 만큼 그것을 쓸 때는 정성을 기울였다. 차례를 지내기 전에 옷을 갈아입고 단정히 앉아서 글씨를 써내려갔다. 조상님을 불러들이는 이 의식에는 한 번도 소홀한 적이 없다. 조상님을 공손히 모셔야 한다는 생각은 어쩌면 그 어려운 가운데서도 아버지가 몸을 지탱한 힘이 되었을 것이다.

내가 중학교에 다니고 있을 때 교실의 게시판을 꾸미는데 각자 그림이든 글이든 하나씩 준비해 오라고 했는데, 나는 아버지에게 붓글씨를 한 장 써달라고 했다.

아버지가 쓴 붓글씨를 제출했더니 글씨를 잘 썼다며 뒷면에 붙여 놓았었다. 그때부터 나는 붓글씨 잘 쓰는 아이로 소문났다. 나는 그게 아버지가 쓴 것이라고 한 번도 말한 적이 없다. 내가 쓴 것이라고 주장하지도 않았다. 그냥 입 다물고 있었는데 나는 붓글씨 잘 쓰는 아이가 되어버렸다.

그런 소문에 너무 큰 상처를 입으면 안 되니까 나는 펜글씨라도 잘 쓰려고 노력했는지도 모른다.

지난 정초에 엄마 집을 들어서려는데 문앞에 '입춘대길(立春大吉)'이라는 글자가 붙어 있었다. 이걸 누가 붙였을까. 글자체는 아버지의 것을 빼닮았는데 설마 아버지가 달아놓고 갔을 리는 없고, 내가 혹시 집을 잘못 찾은 건 아닐까 하는 순간적인 생각도 들었다. 젊은 시절 아버지의 글씨 그대로임이 분명했다.

글씨는 형이 쓴 것이었다. 형은 퇴직 후 서예학원에 다니고 있다. 바쁘게 살던 사람이 어느 날 갑자기 집안에 틀어박혀 지내야 한다고 생각하니 머릿속이 멍해지고 생각이 한곳으로 집중되지 않았던가 보다. 서예를 한 지 제법 오랜 시간이 지났고 이젠 글씨의 수준이 상당하다. 원래 형의 펜글씨는 아버지의 붓글씨를 닮았었는데 붓글씨 역시 그것과 닮았다.

한때 아버지와 형은 사이가 좀 부드럽지 못하고 간격이 벌어져 있었다. 형은 장남이니 아버지의 기대는 컸다. 그렇지만 부모의 기대와 희망대로 순순히 자라 주는 자식이 몇이나 될까? 그런 기대와 현실의 간극을 메우지 못해 아버지는 형을 못마땅해 했던 시기가 있었다. 그때 형의 마음은 괴로웠을 것이고 아버지 앞에서의 처신도 상당히 불편했을 것이다.

프랑스의 사회심리학 교수인 로랑 베그의 저서 『도덕적 인간은 왜 나쁜 사회를 만드는가』에 이런 구절이 있다.

'사회적 출신에 상관없이 장남, 장녀가 범죄를 저지를 확률이 평균보다 낮다. 부모는 장남, 장녀에게는 일과표와 친구 관계, 행동 방식에 대해서 좀 더 엄하게 구는 경향이 있기 때문이다.'

　장남에게 거는 기대는 서양에서도 동양적인 사고와 크게 다를 바 없는 모양이다. 자신이 못했던 것을 장남이 해주기를 바라고, 남보다 상대적으로 더 좋은 위치를 차지하게 하려는 욕심. 그러니 간섭과 요구사항도 많아지게 된다.

　나중에는 사이가 원만해지고 형은 우리 중 누구보다 부모를 잘 모셨지만, 그런 뜨악했던 시기가 있었음에도 형은 역시 아버지를 닮아가고 있었다. 서예를 하겠다고 작심한 게 그렇고 그 글씨가 아버지의 것을 닮은 게 더욱 그렇다.

　아버지가 돌아가신 후 거실벽에 붙은 붓글씨는 그대로 있었다. 지금도 '가화만사성(家和萬事成)'이란 글자는 문지방 위에 걸려 있다. 거실에 붙어 있던 글씨는 형도 한 점 떼어가고 동생도 한 점 떼어가고 고루고루 흩어졌다. 그때 나는 그 글씨를 가져오지 않았다. 아버지의 글자에는 손가락의 힘이 부족해서 떨리는 현상이 미세하게 나타나 있었는데 나는 그게 보기 싫었다. 젊었던 시절에 힘이 실려있는 글자를 통해서만 아버지를 보고 싶었다. 시간이 많이 지난 지금 생각해보면 그때 한 점 가져올 걸 그랬다는 후회가 든다.

닮고 싶지 않은 것

　어느 결혼정보회사에서 직업선호도를 조사한 걸 봤다. 올해 초에 발표한 것인데 남자들이 원하는 신붓감의 직업을 보면 1. 공무원, 공사 13.3%, 2. 교사 13%, 3. 일반사무직 11.9%, 4. 약사 7.2%, 5. 금융직 6.7%의 순이다.

　여자들이 원하는 신랑감의 직업은 1. 공무원, 공사 13.8%, 2. 일반사무직 10.3%, 3. 금융직 8%, 4. 교사 7.4%, 5. 연구원 6.3%의 순이다.

　나는 커서 무엇이 될까? 어떤 일을 하며 살아갈까? 어떤 사람이 되어 사회에 이바지하며 지낼까? 이런 물음에 대한 생각과 관심을 고등학생이 되어서 흐릿하게나마 그림을 그렸고 대학생이 되어서는 좀 더 현실적으로 구체화되었다. 그때까지 만난 사람들이 학교의 선생님과 친구들이었으니 그들로부터 들은 얘기도 많은 영향을 끼쳤고 또 독서를 통해서도 많은 정보를 습득했다. 아무

래도 가장 많은 영향을 받은 것은 아버지로부터가 아닌가 생각
한다. 그런데 아버지로부터 받은 영향은 긍정적인 면보다는 부정
적인 면이 훨씬 크다.

아버지는 교사였다. 고향에 살 때 할머니와 엄마는 농사를 지
었고, 아버지는 교사로서 학교에서 아이들을 가르쳤다. 우리 집
의 농토는 그 마을에서는 가장 넓은 편이어서 농사일이 많았다.
집에는 일을 거들어주는 일꾼이 상주하고 있었고, 할머니와 엄
마는 일꾼과 함께 농사를 지었다. 기본적인 생계는 농사만으로
도 해결이 되었다. 당시에는 먹을 것이 부족하여 끼니를 거르거
나 굶는 사람들도 제법 있었지만, 우리 집에서는 적어도 끼니를
굶을 걱정은 하지 않았다. 요즘은 건강하게 살려는 욕심 때문에
보리밥을 하고 잡곡을 섞어서 밥을 짓고 하지만 그때는 쌀밥이
귀해서 쌀밥 먹는 게 소원인 때였다. 우리 집에서도 쌀을 아끼기
위해 보리를 항상 섞어서 밥을 하고 수수, 차조, 콩, 감자 등을
수시로 넣어서 밥을 했다. 여름에는 칼국수도 자주 해서 쌀을
아꼈다. 그렇지만 상대적으로 우리 집은 양식 걱정은 크게 하지
않았다.

시골에서는 돈 들어가는 일이 별로 없다. 먹는 것만 해결되면
그다지 어렵지 않게 살아갈 수 있다. 엄마는 아버지의 월급이 얼
마였는지도 모른다. 월급을 받고 그 돈을 쓰는 것까지 아버지가
다 알아서 했다. 할머니도 마찬가지였다. 집안 살림은 논밭에서
나오는 소출로 해결했다.

우리 형제들이 커가면서 교육을 위해 대구로 이사를 나오면서 농사에서도 손을 뗐다. 그때부터 사정이 조금씩 달라졌다. 우리는 육 남매인데 형과 막내 동생의 나이 차이가 커서 항상 다섯 사람이 학교에 다녔는데 아버지의 월급으로 학비와 생활비를 감당하기에는 늘 부족했다. 그렇다고 학비를 안 내거나 늦춰 내는 일은 없었다. 학비에 대해서는 철저해서 아버지는 하루도 늦지 않도록 꼬박꼬박 날짜에 맞춰 돈을 주셨다.

그때는 철이 덜 들어 그게 얼마나 어려운 일인지 몰랐다. 그저 때 맞춰서 주는 돈이니 갖다 내면 그만이었다. 지금 생각해보면 그것은 어려운 수학문제를 푸는 것보다 더 어렵다. 모자라는 돈을 이리저리 꿰어 맞춰야 하는데 일차적으로 학비를 떼고 나면 나머지 모자라는 부분을 어떻게 해결해야 할 것인가. 사람이 숨을 멈추지 않는 이상 먹고 자고 입는 것은 기본이고 또 몸을 움직여야 더 많은 재생산이 일어나는데 움직이기 위해서는 또 돈이 필요하다. 이런 생활의 과정이 시골에 있을 때는 별로 문제가 되지 않았는데 도시로 나온 후부터는 계속 엇박자가 나기 시작했다. 살아가는 것과 살기 위해 해야 하는 것의 균형이 맞지 않은 것이다.

나는 나이가 한 살씩 먹어갈 때마다 조금씩 더 그러한 사실에 대해서 눈을 떠 갔다. 아버지는 힘들어했고, 엄마도 힘들어졌고, 나와 형제들도 그러한 현실에서 도피할 수 없었다.

직장을 가져야 한다고 생각했을 때, 장래의 취업을 위해 어떤 공부를 해야 할 것인가를 고려했을 때, 어떤 일을 하며 살아야 나에게 가장 보람이 있을까를 고민했을 때, 나와 내 가족을 덜 힘들게 하며 일할 수 있는 직업은 무엇일까를 걱정했을 때, 이럴 때 내가 가장 우선적으로 제외했던 것은 교사와 공무원이었다. 아버지가 갔던 길을 옆에서 지켜보면서 나는 절대로 아버지와 같은 길은 가지 않겠다고 다짐을 했다.

출생순서에 대해 연구한 프랭크 설로웨이 박사의 『타고난 반항아』라는 책에 흥미로운 구절이 있다.

— 첫째는 가족 내의 특별한 지위 때문에 후순위 출생자들보다 부모의 소망, 가치관, 규범에 더 순종한다.

— 후순위 출생자들은 인습에 사로잡히지 않고, 모험적이며, 반항하는 성향과 결부되어 있다.

— 첫째들이 '폐쇄적'이고 순응하는 지적 스타일을 채택하고, 후순위 출생자들이 다소 '개방적'이고 독립적 스타일을 채택할 때 부모-자식 갈등이 최소화된다.

그의 말을 간단히 정리해보면 장남은 보수적이고, 현재의 상황과 질서에서 급격한 변화를 원치 않는다. 차남이나 그 이하는 개방적이며 기존의 가치관에 위험을 무릅쓰고 저항하려는 성향이 강하다.

형은 과묵하고 진득한 면이 있다.

추석날 형과 나, 동생과 조카는 가족묘지로 간다. 그곳에는 할아버지와 할머니, 아버지의 묘가 있는데 묘지를 덮고 있는 잔디의 면적이 넓어 낫으로 부지런히 잔디를 깎아도 두세 시간이 걸렸다. 지금은 애초기를 사용하지만 처음 몇 년간은 낫으로만 깎았다. 추석이 계절상으로는 가을의 시작 무렵에 있지만 한낮의 햇살은 엄청 따갑다. 허리를 구부리고 땅에 붙은 풀을 잘라내고 있으면 허리도 아프고 따가운 햇볕에 땀은 흘러내리고 제발 좀 빨리 끝났으면 하는 마음이 간절했다. 평소에 거의 하지 않는 노동을 하려니 쓰지 않던 근육들이 피곤해서 못 견디겠다고 아우성을 치고 있었다. 낫을 사용하는 것도 벌초할 때 외에는 한 적이 없으니 서툴기는 매한가지다. 빨리 끝내고 쉬어야지 하는 마음으로 서둘러 잔디를 깎고 나면 형은 어느새 전지가위를 들고 나무로 간다. 향나무, 감나무, 오가피나무, 배롱나무, 목련의 나무도 여러 그루가 있는데 그걸 전부 깨끗이 손질하고 손을 털 작정이다.

우리말에 '적당히'라는 좋은 말이 있다. 말 그대로 적당히 대충하고 끝내면 좋겠는데 형의 사전에는 '적당히'라는 말이 없는지 끝장을 보지 않으면 손을 털지 않는다. 형은 꼼꼼하다. 잔디 사이에 솟아난 풀을 뽑아내고, 잎이 길어진 잔디를 잘라내고, 풀이 났던 자리에는 제초제를 뿌리고, 들쑥날쑥 자란 향나무 잔가지를 자르고, 오가피나무를 감고 있는 풀 넝쿨을 걷어내고, 세심하게 관심을 기울여서 정성스럽게 다듬는다. 그런 정신은 장남으로

서의 책임감에서 오는 걸까? 아버지와 할머니에 대한 사랑과 그리움에서 오는 걸까?

시골에서는 아직도 어느 집에 누가 살고 그 집의 자식이 어떤 사람인지 다 알고 있다. 묘지관리가 제대로 안 되어 있으면 그 집안의 후손에 대해 손가락질하고, 관리가 잘 되어 보기 좋게 되어 있으면 후손이 올바른 정신을 가지고 있다고 칭송을 하기도 한다. 그러니 남의 눈에서 벗어나서 살기는 어렵다. 형은 장남으로 자라온 탓에, 이런 것에도 신경을 썼을 것이다.

설로웨이 박사는 장남과 차남 이하의 아들이 성격을 달리하는 데 가장 주요한 요소는 경쟁이라고 했다. 부모의 애정을 많이 차지하려는 것, 권위를 독차지하려는 것, 더 많은 것을 가지려고 하는 것, 부모로서도 장남에게 더 많은 기대를 하는 것 등, 그러한 위치나 결과를 얻기 위한 경쟁에서 성격의 형성이 많이 이루어진다고 했다.

경쟁이라는 말에 대해서는 나는 별로 동의하지 않는다. 나는 더 많은 것을 차지하기 위해 형과 경쟁해 본 적이 없다. 형은 심성이 여리면서 참고 견디는 걸 잘한다.

어렸을 때 형제들 사이에 먹을 것을 두고 다투는 게 많다고 하는데 나는 내가 먼저 먹으려고, 또는 많이 먹으려고 다툰 기억이 전혀 없다. 형이 누나나 동생들과 다투는 것도 기억나는 게 없다. 오히려 동네 아이나 친구가 형제간에 싸우는 것은 기억에 남은 게 있다. 그렇지만 설로웨이 박사가 장남과 차남의 성격을 규정한 것에 대해서는 맞는 면도 많이 있는 것 같다.

나는 아버지로 인하여 교사는 절대로 하지 않겠다고 다짐을 했는데 형은 학교를 졸업하고 곧장 교사의 직업을 택했다. 아버지가 살아온 길을 같이 겪었는데 형은 그것을 긍정적으로 받아들였고 나는 부정적으로 받아들였다. 형은 항상 신중하게 생각하고 전통적인 관습을 지키려고 노력하고 특히 아버지의 의견에 반하는 언행은 하지 않는다.

형은 초기에 교사발령을 시골에 있는 학교로 배정을 받았다. 대구에서 출퇴근을 하기에는 먼 거리였는데 결혼을 한 이후라 혼자서 따로 집을 구해서 살기에도 적절치 않았다. 결국, 멀지만 통근을 하기로 했는데 새벽 네 시에 일어나서 시외버스를 타고 출근하고 또 시외버스를 타고 퇴근을 했다. 새벽에 나가서 밤늦게 돌아오니 몸도 피곤하지만 여가를 가지는 것은 꿈도 꿀 수 없었다.

어떤 직업이라 할지라도 일에서 받는 스트레스가 있고 걱정과 고민을 안겨주는 대상이 있는데, 그럴 때 친구도 만나고 야외로 나가서 시원한 공기에 고민거리를 날려버리기도 해야 하는데, 그럴만한 시간의 여유도 없이 새벽부터 밤까지 꽉 짜여진 일과였다. 그런 생활이 몇 년간 이어졌는데 형은 굳건히 견디며 살아왔다. 그것에 대해 불평이나 불만을 얘기하는 것도 별로 듣지 못했다.

예로부터 우리의 전통규범으로 보자면 장남은 부모와 조상을 모시고 차남과 그 이하는 독립해서 새로운 가족을 구성하게 되는데 그에 따라 장남은 자연스럽게 부모가 지켜온 가치관이나 철학을 그대로 지켜나가려는 속성이 있지 않을까. 차남과 그 이하는 새로운 삶터를 개척해야 하니까 변화를 찾아야 하고 도전과 개척의 정신을 가졌던게 아닐까.

오랜 시간이 지나 은퇴를 생각해야 하는 시점에 이르러서 되돌아보니 형의 선택은 옳았던 것 같다. 형은 스스로 차분하고 진득한 성품이란 걸 알았던 것 같고, 그에 맞는 직업을 선택했던 것 같다.

닮고 싶은 것

　나는 말을 하고 싶지 않을 때가 있다. 복잡한 생각들이 엉켜서 그 실타래를 풀어야 할 때, 어떤 일을 시작하기에 앞서 구상을 하려고 할 때, 참신하고 새로운 아이디어가 필요할 때, 누군가와 의견이 맞지 않아 말다툼을 했을 때, 별로 내키지 않은 일을 강요받았을 때, 마음에 드는 사람을 발견하여 그 사람을 더 친밀하게 사귀고 싶을 때, 여행을 계획하며 그 지역의 볼거리를 생각할 때, 이럴 때는 말없이 조용하게 앉아 있는 것을 좋아한다.

　또 하나 중요한 것은 상대방이 욕설을 쓰거나 상스러운 말을 함부로 쓸 때도 말을 하고 싶지 않다. 상대가 있으니 목석처럼 있을 수는 없고 표정으로 알아들었다는 시늉을 하던지 영혼이 담겨 있지 않은 어설픈 미소로 대응할 뿐 말로 대꾸하지 않는다.

　말은 정말 중요하다. 내가 가진 생각을 말이 아니면 어떻게 전달할 수 있을까? 남이 무슨 마음을 먹고 있는지 말이 없으면 어떻게 알아낼 수 있을까. 손짓 발짓 몸짓으로 표현할 수는 있겠지만 얼마나 똑바로 전달할 수 있을까?

　말이 너무 많아도 탈이지만 너무 없어도 곤란하다. 아무도 없는 곳에서 조용하게 살고 싶을 때도 있겠지만 그런 곳에서는 외로움에 지쳐서 온전한 정신으로 살기가 어렵다. 남의 말이 듣기 싫다고 남과 대화할 기회조차 없애버리면 내가 하고 싶은 말도 못하게 된다.

　아버지는 남자란 모름지기 신언서판(身言書判)을 잘 관리하고 지켜야 한다고 하셨다. 신(身)이란 건강하고 당당한 육체를 말하는데, 몸을 항상 깨끗이 하고 단정하게 하는 게 좋다. 언(言)이란 조리 있고 분별 있는 말솜씨를 말하는데, 말을 할 때는 또록또록하고 깔끔한 어조를 쓰는 게 좋다. 서(書)란 훌륭한 문장력을 말하는데, 글씨는 힘이 있되 난잡하지 않아야 한다. 판(判)은 공정하고 정확한 판단력을 말하는데, 사물과 글의 이치를 깨닫고 올바른 판단을 내려야 한다는 것이다.

　70년대 말과 80년대 초에는 나팔바지와 장발이 유행했다. 나는 나팔바지는 취향에 맞지 않아 좋아하지 않았다. 바지가랭이가 넓어서 걸을 때마다 펄럭거리는 옷이었는데 한 발 옮길 때마다 다른 쪽 다리를 휘감듯 스치는 게 영 불편할 것 같기도 하고 옷매무새도 마음에 들지 않아 입지 않았다. 머리는 여자들처럼 긴 단발을 하지는 않았지만, 남자의 단발머리를 한 상태에서 몇 달간

깎지 않고 길어지도록 두었다. 머리카락이 귀를 덮고 뒷머리는 와 이셔츠의 깃을 완전히 덮기도 했다. 그 때 아버지는 신언서판을 얘기하시며 남자의 자기관리가 어떠해야 하는지 말씀을 하셨다. 어떤 옷을 입을 건지 머리를 기를 것인지 하는 건 자유지만 중요한 것은 남에게 불쾌한 인상을 주거나 혐오스러운 느낌을 주어서는 안 된다고. 혼자 사는 세상이 아니고 여러 사람들과 어울려서 살아가야 하는데 이왕이면 좋은 인상을 심어주는 것이 세상을 살아가는 데 도움이 된다고.

그때나 지금이나 나는 단정한 차림을 좋아한다. 유행을 따라 나팔바지, 쫄바지를 입는 친구도 있었고, 셔츠의 단추를 한두 개 풀고 다니는 친구도 있었고, 머리를 여자처럼 길게 어깨까지 늘어뜨리고 다니는 친구도 있었지만 내 취향에는 맞지 않았다.

나는 욕설을 해 본 적이 없다. 대여섯 살 이후의 일은 띄엄띄엄 기억나는 게 있는데 내 기억으로는 내가 욕설을 한 게 전혀 기억나지 않는다. 욕설은 고사하고 아주 흔한 상스러운 소리도 해 본 적이 없다. 친구들끼리 만나면 웃고 어깨를 치면서 "개새끼", "씨발놈"이란 말을 쓰는 게 다반사인데 나는 그 단어를 입 밖으로 내뱉어 본 적이 없다. 이 글을 쓰고 있는 중에도 이 단어를 쓰는 게 영 탐탁지 않다.

욕을 하지 않는다고 해서 화를 내지 않는다는 것은 아니다. 내 의견을 주장해야 할 때도 있고, 내가 하고 싶은 대로 해야 할 때도 있고, 상대에게 싫다고 말해야 할 때도 있고, 친구가 나쁜 짓을 할 때는 잔소리를 해야 할 때도 있다. 그럴 때 화도 나고 싸움을 하기도 한다. 그렇지만 욕설을 하거나 상소리를 쓰지는 않는다. 단지 목소리가 커지고 손짓, 몸짓이 늘어날 뿐이다. 가끔 내가 너무 욕설에 대하여 너무 결벽증이 있는 게 아닌가 생각될 때도 있다. 평생을 사용하지 않은 단어라서 이제는 그 단어가 입속에서 만들어지지도 않는다. 욕설을 쓰지 않아도 하고 싶은 말은 다 한다.

막말을 못 한다고 해서 누구한테 따돌림받은 적도 없고 나 스스로 불편하다고 생각해본 적도 없다.

청소년 시절에는 욕을 잘 하는 아이들이 부러울 때도 있었다. 욕설로 도배하듯이 쏘아대서 상대를 주눅이 들게 하는 친구도 있었다. 걔들은 아주 쉽게 그 말을 뱉어내는데 나는 그게 안 됐다.

말은 처음 배울 때 가장 많이 듣는 말부터 배운다. 할머니, 아버지, 엄마, 형, 누나, 나로서는 가장 가까이서 가장 많이 듣는 말인데 그들 중 누구도 욕설하지 않았다.

아버지는 서당에 다녔고, 형과 나도 서당에 다녔다. 내가 다닌 서당의 훈장선생님은 같은 마을에 사는 먼 친척 할아버지였다. 서당에서는 한문을 배우고 글씨 쓰는 것도 배우지만 가장 기본은 예절교육이었다. 아침에 일어나면 부모님께 "안녕히 주무셨습니까?", 밤에 잠자리에 들기 전에 "편히 주무세요", 길가다 어른을 만나면 "안녕하세요" 같은 것을 매우 중요하게 가르쳤다. 이런 것도 나의 말에 영향을 주지 않았을까?

아버지는 말을 많이 하지는 않았다. 큰소리로 야단을 치거나 상스러운 말로 꾸지람을 하지도 않았다. 내가 해야 할 일, 잘못한 것, 왜 그렇게 해야 하는지를 설명했다.

아버지의 목소리는 카랑카랑한 통 목소리다. 할머니의 목소리에는 아주 약한 쉰 소리가 섞여 있는 부드러운 소리인데 아버지는 그것을 닮지 않았다. 그래서 할머니가 조곤조곤 얘기를 할 때는 나지막한 소리가 부드럽게 들려 듣기가 좋았다.

목소리에 아주 약한 쉰 소리, 아주 낮은 바람 소리가 섞여 있으면 듣는 이를 편하게 해주는데 할머니는 적격인데 반해 아버지는 아버지의 엄마를 닮지 않았다. 아버지는 말을 할 때도 통 목소리지만 노래를 부를 때는 더욱 도드라지는 통 목소리가 동그랗게 굵게 나온다.

가을철 하늘이 높고 창공이 푸른색으로 가득 차고 서늘한 바람이 나뭇잎을 떨어뜨릴 때에는 맑은 통 목소리가 청아하고 굵게 들리는 게 좋다. 추운 겨울날 화롯가에 옹기종기 앉아서 군밤을 먹고 꽁꽁 언 감을 먹을 때는 쉰 소리가 약간 섞인 낮은 소리가 마음을 포근하게 만든다. 할머니도 그립고 아버지도 그립다.

엄마의 목소리는 그 중간이다. 소리의 음은 높으면서 약한 바람 소리가 섞여 있다.

가장 좋았던 것은 엄마도 아버지도 욕설이나 상소리를 한 적이 없다는 것이다. 고향에 있을 때는 농사일을 하는 일꾼이 있었는데 설령 그들이 일을 잘못 처리했더라도 그러한 단어를 쓰며 나무라지는 않았다.

어렸을 때 누나와 먹감으러 갔었다. 고향 집 앞을 흐르는 개울을 따라서 상류로 올라가면 6.25 전쟁 때 우리 가족이 피난 갔던 너럭바위와 물웅덩이가 나온다. 그곳을 지나서 조금 더 올라가면 더 넓은 물웅덩이가 있다. 주변은 너른 바위가 퍼져있고 물이 흘러가는 앞쪽으로는 자갈이 깔려 있다. 어른들이 헤엄치기에는 좁은 곳이지만 아이들에게는 부족하지 않은 곳이다. 물은 맑고 깨끗했다. 바닥에 있는 돌멩이도 보이고, 작은 피라미가 놀고 있는 것도 보일 만큼 투명했다. 그곳은 동네 아이들이 좋아하는 물놀이 장소였다.

누나는 헤엄을 잘 쳤다. 헤엄치다가 물속을 거꾸로 잠수해서 바닥에 있는 조약돌을 줍기도 했다. 나는 헤엄을 칠 줄 몰랐다. 물가에서 손을 집고 다리로 물만 튀기는 정도였다. 그래서 누나는 물에서 헤엄을 치고 나는 밖에서 자갈을 만지며 놀고 있었다.

혼자 앉아 심심하니까 작은 돌을 물에 던지기도 했는데 누나가 보이지 않았다. 나는 무심코 돌을 던졌는데 물속에서 잠수했다가 나오는 누나의 머리에 돌이 부딪혔다.

순간 깜짝 놀랐다. 누나도 놀랐는지 눈을 동그랗게 뜨고 나를 보았다. 잠시 후 누나는 맞은 곳을 손으로 만졌는데 손가락에서 피가 배어 나왔다. 나는 당황했고, 누나는 어쩔 줄 몰라 했다. 누나는 아픈 곳을 손으로 누르면서 집으로 달려갔고, 나도 뒤따라갔다. 가슴이 조마조마했다. 많이 다쳤으면 어쩌나, 피가 계속 흐르면 어떡하나, 머리가 뒤죽박죽인 상태에서도 엄마에게 혼날까 봐 걱정되었다.

엄마는 피가 묻은 곳을 깨끗이 닦고 약을 발랐다. 그때 엄마가 어떤 말을 했는지는 기억이 나지 않는다. 다만 그 일로 꾸지람을 하거나 야단을 치지는 않았다. 어떤 종류든 벌을 주었다면 기억이 날 텐데 그런 기억은 전혀 없다. 평상시와 똑같은 모습으로 나를 대했던 것 같다.

그런 대우로 인해 내 마음속에는 그것이 더 큰 미안함으로 남아 있다.

아쉬움으로 남은 것

　뭔가 하고 싶은 일이 있다는 것, 보고 싶은 것이 있다는 것, 어디든 가고 싶은 곳이 있다는 것은 아직도 살아갈 의지가 강하다는 것이다. 아무런 일도 하고 싶지 않다는 것, 어떤 것에도 관심이 없다는 것, 주변과 자연의 변화에 흥미가 없다는 것은 생명의 기운이 소멸되었다는 의미이다.

　살아 있는 생명은 크든 작든 욕망을 가지고 있다. 봄이면 싱그러운 풀냄새를 맡고 싶고, 여름에는 시원한 물과 산바람을 찾아가고, 가을에는 낙엽 진 오솔길을 걷고 싶고, 겨울에는 눈 내리는 바닷가를 걷고 싶다. 이런 정도의 욕망은 욕망이라기보다는 본능에 가깝다.

　더 오래 살아야겠다는 생각, 건강한 몸으로 되돌리려는 생각, 머리를 맑게 하고 영혼을 깨끗하게 하려는 생각은 삶에 대한 의지가 투영된 것이다. 삶의 의지가 강한 사람은 생명을 더 오래 지켜갈 수 있다.

병을 앓아본 사람은 병이 사람을 얼마나 고달프고 힘들게 만드는지 알게 된다. 마음에 상처를 받아본 사람은 그것이 사람을 얼마나 퇴락하게 하는지 알게 된다. 아직도 해야 할 일이 많다고 생각하는데 몸이 말을 안 들으면 마음은 더욱 조급해진다.

그래도 무엇을 하고 싶다는 생각이 있는 것은 삶에 있어서 매우 긍정적이다.

희망을 품고 있다는 것, 목표를 세우고 있다는 것은 살아가려는 의지의 불씨가 꺼지지 않고 있다는 것이다.

아버지는 매일 이른 아침에 운동하러 앞산에 갔는데, 손수 차를 운전해서 산 밑에 세워두고 산에 올라갔다가 내려왔다. 차가 오래되어 핸들도 빽빽하고 외장도 낡아서 여기저기 흠집도 있었지만, 조수석에 엄마를 태우고 날마다 앞산으로 갔다.

걸어가도 얼마 걸리지 않는 가까운 곳이지만 차를 타고 가는 것은 직접 운전해서 가는 기분을 만끽하고 싶어서였다. 또 하나 운전하는 것을 잊어버리지 않으려는 마음이 있었다. 그때 이외에는 운전할 일이 별로 없었다. 혹시 친구를 만나거나 시내에 나갈 일이 있어도 지하철을 타거나 택시를 탔다. 그러니 운전연습을 할 수 있는 시간은 그때가 적당했다. 새벽바람을 맞으며 엄마를 태우고 가는 기분도 나쁘지 않았다.

아버지가 돌아가시기 3년 전 그날, 엄마는 아침에 바쁜 일이 있어서 새벽의 산행에 함께 가지 못했다. 거의 매일 동행을 했는데 그날따라 운명의 신이 엄마를 차에 타지 못하게 했던 것 같다. 아버지는 산에 갔다 돌아오는데 집 앞까지 무사히 왔다. 그런데 대문 앞에 있는 전신주를 들이받았다. 차는 오른쪽 모서리를 받으면서 조수석이 완전히 찌부러들었다. 사람이 그 자리에 있었으면 형체도 분간 못 할 정도로 차가 망가졌다. 그 사고로 차는 수리 비용이 차값보다 더 들 정도가 되어 폐차를 했다. 하지만 사람이 다치지는 않았다. 운전석에 앉은 아버지는 타박상조차 없이 멀쩡했고, 조수석에 앉아야 할 엄마는 신의 도움으로 화를 피했다.

한동안 차에 대해 잊어버린 듯이 지냈지만, 아버지에게서 차에 대한 욕심이 완전히 사라진 건 아니었다. 사고 후 몇 달 지나서 아버지는 차를 사고 싶어 했다. 차를 타고 멀리 돌아 다니고 싶어 했다. 아버지가 가고 싶었던 곳은 어디였을까?

어린 시절에 돌아가서서 흐릿하고 가물가물한 기억으로 남은 할아버지와 살던 고향 집과 동네길, 그 위로 골 안쪽으로 들어가는 조상님들의 산소가 있는 골짜기의 길과 계곡, 해방 후 일시적인 평화로운 세상에서 엄마를 만났던 안덕의 시장터와 학교 뒷길, 전쟁으로 몸을 숨겼던 안덕의 산골짜기, 엄마와 처음으로 여행 겸 소풍 갔던 주왕산의 계곡과 약수터, 아버지의 기억에 항상 자리잡고 있었지만 한 번도 스스로 그곳에 가보자고 말을 꺼내지 못했던 그런 곳을 가보고 싶지 않았을까?

중년 이후 아버지의 삶에 있어서 자신만의, 자신을 위한 시간은 거의 없었다.

가족에 대한 의무감과 사업의 실패에 따른 자책감에 억눌려 여행에 대한 꿈을 꿀 수가 없었다. 가고 싶은 곳이야 많았겠지만, 아버지에게 그 여건은 녹록지 않았다. 그렇지만 가슴속에 품고 있는 생각은 지우지 않고 끝까지 간직하고 있었다.

차 뒤 칸에 냄비와 그릇과 수저를 싣고, 고추장과 된장 그리고 쌀과 라면 몇 개면 실으면 된다고 하셨다. 옆자리에 엄마를 태우고 가다가 산 좋고 물 좋은 자리가 있으면 쉬면서 밥도 먹고 가자고 하셨다. 반찬 걱정은 필요 없다. 냇가와 들판에 자라는 자연의 풀 속에서 먹을 수 있는 풀에 대해서는 너무나 잘 알고 있었다. 쉬엄쉬엄 다니면서 잊어버렸던 옛날의 향수도 떠올려보고, 생활에 쫓겨 나누지 못했던 맺힌 얘기도 나누고, 젊은 시절의 즐거웠던 시간도 회상해 보자고 하셨다.

그러기 위해서는 차가 필요하다는 얘기였다.

엄마는 절대 반대였다. 아버지는 당뇨가 심해져서 살이 빠지고 피부가 뼈에 달라붙어 있는 상태였다. 다리 힘이 빠져서 산에도 올라가지 못하고 기슭에서 조금 걷다가 내려오는 형국이었다. 전체적인 몸의 기운이 예전 같지 않아 힘을 쓸 수가 없는데 어떻게 운전을 하겠느냐고, 몸 상태가 좋아지면 그때 가서 생각해 보자는 입장이었다.

아버지는 형에게 다시 의중을 피력했다. 이제까지 형은 아버지의 뜻을 거역한 적이 없었으므로 아버지는 형을 구슬려서 차를 살 셈이었다. 그렇지만 형도 이것만큼은 쉽게 동의할 수 없었다. 잘못하면 목숨이 달린 문제이고, 다른 사람까지 피해를 입을 수 있는 것이라 어떻게든 시간을 끌어야 할 일이었다. 엄마는 나에게도 전화해서 혹시 아버지가 얘기를 꺼내더라도 절대 동의하지 못하도록 못을 박았다. 그런 말이 없었더라도 나 역시 그것만은 쉽게 수긍하지 않았을 것이다.

아버지는 첫째 매제를 좋아했다. 그는 붙임성이 좋고 인정이 많아 아버지를 대접하는데 소홀함이 없었다. 포항에 갔다 올 때는 싱싱한 생선도 사 오고, 고향인 합천에 갔다 올 때는 감이랑 밤도 가져오고, 가끔 막걸리도 갖다 드렸다. 아버지는 그를 미더워했다. 설마 첫째 매제에게 얘기하면 거절하지 못하겠지 하는 심산이었다. 아버지는 그를 불러 계약금으로 하라고 20만 원을 주었다. 괜찮은 중고차를 알아 보라고. 하지만 그도 이것만큼은 쉽게 응할 수가 없었다. 장인어른의 부탁이라 어지간하면 들어줘야 할 텐데 이건 참 난감한 일이었다.

그렇게 차일피일 미루는 사이에 시일은 흘러서 계약금을 전달한 지 한 달 보름이 지났고 아버지는 돌아가셨다. 끝내 차를 타고 다니며 엄마와 함께 여행하겠다는 뜻은 이루지 못한 채 희망 사항으로만 남겨두고 하늘나라로 가셨다.

살아간다는 게 참 뜻대로 되지 않는다는 걸 뼈저리게 깨닫는다. 당시 나와 형, 나의 형제들은 직장에 매여 있는 몸이라 마음대로 시간을 낼 수도 없었지만 그래도 자투리 시간이라도 만들어서 아버지를 모시고 여행을 좀 다녔더라면 좋지 않았을까 하는 생각이 든다. 나중에 돈을 벌어서 잘 해드리겠다는 것, 여유가 있을 때 모시겠다는 것, 직장에서 승진되고 자리잡고 난 뒤에 좋은 곳으로 여행을 보내드리겠다는 것, 이런 것은 다 헛것이다.

세상은 항상 빠르게 바뀌고 있고, 사람의 욕심은 계속 성장하고 있고, 내 주변의 다른 사람은 모두 나보다 빠르게 달리고 있는 것처럼 보이기 때문에 나중에 내가 괜찮아지고 나아질 때를 찾기란 모래밭에서 바늘 찾기만큼 어렵다. 그때 가서 부모님을 찾아봤자 부모님이 옛적 그대로 머물러 있지도 않다. 이런 사실이 아버지가 돌아가시고 난 지금에야 느껴지는 게 너무 가슴이 아프다.

한(漢)나라 한영이 지은 책 『한시외전』에 나오는 글은 내 가슴에 오래오래 여운을 남긴다.

'나무는 흔들리지 않으려고 하나 바람은 멈추지 않고, 자식은 봉양하려고 하나 부모는 기다려주지 않는다. 가도 만날 수 없는 것이 부모이다.'

한때 달에는 옥토끼와 금토끼가 살고 있다는 말을 믿었던 시절이 있었다. 이제는 그 말이 사실이 아니란 걸 알만큼 나이를 먹었다. 그렇지만 나는 하늘나라가 있다는 것을 믿고 싶다. 그 나라 어딘가에 아버지가 살고 있다는 것을 믿고 싶다. 먼 훗날에 내가 그 나라에 가게 되면 아버지와 여행을 다니고 싶다. 그때는 아버지가 운전하고 나는 옆자리에 앉아 말동무나 되어 드리고 싶다.